犬とペンギンと私

小川　糸

JN203856

犬とペンギンと私

目次

本文イラスト　小池ふみ
本文デザイン　児玉明子

おせち三昧

1月3日

大晦日は、ペンギンのおでんで、しっぽりと過ごした。

あれから、やっと1年。

思えば、ちょうど1年前の大晦日、ペンギンがお酒を飲んで大暴れしたのだった。

以降、私にとっては厄年かと思えるような年だった。

1年前は、ペンギンの反省会のため、せっかくのおせちも台無しで、結局、初詣《はつもうで》にも行けなかったので、破魔矢も、新しくできなかった。

だから、今年は何がなんでも絶対に、元日に初詣に行こうと決めていたのだ。

その思いが叶い、ホッとする。

これでようやく、私の厄年があけたかも。

2013年は、私にとっては本当に過酷な年だったと思う。

去年のようなことが二度と起きないよう、今年は用心深く準備した。

1日も、ふだん通りに起きて、お茶を飲みながら初日の出を拝み、それから仕事をする。

もともと年末年始に仕事をするのは気持ちいいので好きなのだけど、今年はより、いつもと変わらずにやった。

今月と来月から、ほぼ同時にふたつ、小説の連載がスタートするので、その原稿を読んだりしている。

だから、今年になってまだ3日しか経《た》っていないというのが、不思議な感じ。

今年は、馬のように美しく駆け抜けるような年になったらいいな。

おせちの方は、絶好調だ。

黒豆はふっくらつやつやだし、伊達巻《だてまき》も、ちょっと焼きすぎたけどまぁまぁ合格。

五色なますは、最初は味が薄かったけれど、途中で修正したら見事に挽回した。

1日は、オカズデザイン夫妻と新年会をして盛り上がった。

暮れにペンギンが築地でフグを調達してくれたので、ひではるさんに包丁持参でさばいてもらう。

お刺し身もおいしかったけど、何と言ってもおいしかったのは、焼きフグ。

私は今まで唐揚げが一番好きだったけど、焼きフグを知ってしまったので、そっちも捨て難くなった。もちろん、唐揚げもおいしかったけどさ。

私も、刀みたいな刺し身包丁で、フグがさばけるようになりたい。

でも、私の場合は、指が何本あっても足りないかも。

オカズさんが持ってきてくれた卵焼きが、絶品だった。

今年の目標、その1。

卵焼きを上手に作れるようになること。

なんだか、幸せな年明けで一安心だ。

今年は、いいことがたくさんありますように！

コロと新年会

1月5日

お正月気分最後の日曜日は、コロとまったり過ごす。
先日のクリスマスに続き、今日のコロのコスプレは、獅子舞だった。

お昼ご飯を食べた後、コロとお昼寝。
夢の中でも、コロと出かけていた。
私のつま先をコロがずっと枕にしていたので、ちょっとしびれた。
コロは、ペンギンのことも、大好きだ。
仕事部屋から帰ってくる音がすると、すぐにドアの前まで移動して待っている。
そして、ペンギンが出かけてしまう時は、ドアを引っかき、悲痛な鼻声をあげる。
あの、犬独特のきゅぅぅぅぅぅん、という声は、聞いていると本当に切ない。

人間も犬も、やっぱり置いて行かれるって、とっても淋しいことなんだろう。
コロは、ドアの前でいつまでもペンギンの帰りを待っている。
こんなけなげな姿を見てしまうと、ますます愛おしくてたまらない。
それにしても、昨日の本家ペンギン一家との新年会はすごかった。
お土産に、北海道の毛ガニをくれたのだけど、１・２キロの大物。
うちに来ても、まだ生きていた。
胴のところは味噌と混ぜて酒のつまみに、足のところは、寿司飯と混ぜてかに寿司に。
見事だった。
おなかがいっぱいのはずなのに、みんなで平らげた。

ペンギンは、空いた甲羅《こうら》に日本酒を入れて。
味見をさせてもらったら、今まで飲んだこともないような、極上のカニスープ。
ため息しかこぼれない。
だいぶ味が馴染んできた五色なますも、好評。
青森産の本鴨も、お見事。

今年はお雑煮も、関東風、京都風、東北風といろいろ楽しめたし、去年とは打って変わって、本当にいい新年だった。

そして、明日からは本格的な仕事モードだ。

張り切って、いこう！

今夜は、おせちの残りを総動員して、鍋焼きうどん。

鴨、ねぎ、なると、かまぼこ、筍《たけのこ》、砂糖さや、がんも、そして、最後のひときれとなった伊達巻。

全部入れたら、豪華《ごうか》絢爛《けんらん》うどんになった。

クルミ

1月9日

年々、好きになってきたのが、クルミ。

冬至の旅で益子に行った時、小さなパン屋さんで剝《む》き胡桃をたくさん買ってきた。

それを使って、今日はクルミのお汁粉に初挑戦。

すり鉢でクルミをペースト状にし、あとは好みの緩さになるまでお湯でのばせば完成だ。

今回はハチミツでほんのり甘くし、最後に塩少々で味をなじませてある。

別に炊いておいた小豆《あずき》も入れたら、なかなかの味になった。

好みにもよるけど、この場合は焼いたお餅ではなく、丸餅を茹《ゆ》でるのが合うみたい。

夏だったら、冷たくしたクルミのお汁粉に、白玉なんかを浮かべてもいいかもしれない。

思い出すと、クルミは祖母の大好物だった。

東京では見ないけれど、東北の実家の方だとクルミ豆腐というのがあって、よく一緒に食べていたっけ。

ほんのり甘くて、そこにちょろっとお醤油をかけていただく。

おやつとも、おかずとも言い切れない、微妙な立ち位置なのが好きだった。

今年の五色なますにも、ゴマと一緒にクルミが入っている。

白和《しらあ》えの隠し味に加えてもおいしいし、クルミを常備しておくと重宝するのだ。

今日の朝ごはんで、無事五色なますは終了した。

あと一年も食べられないと思うと淋しいけれど、この特別感がおせちの醍醐味だ。

おかあさんごっこ

1月12日

昨日は、ららちゃん一家を呼んで、わが家で新年会。

スペシャルゲストに、コロをお招きした。

コロ、初めてのお泊りセットを持ってやって来る。

ららちゃんとコロは、初顔合わせだ。

ただ、ららちゃんちにも犬がいるので、そんなに珍しくないだろうなぁと思っていたのだ。

ところがどっこい、コロを見るなり、ららちゃんのテンションは急上昇。

だっこして、おいかけて、離さない。

かわいくてかわいくて、仕方ない様子だった。

ららちゃんとコロ、ちょうど今精神年齢が同じくらいで、お互い、いい遊び相手なのかもしれない。

ららちゃんちにいるのは、ラブラドールレトリバーだ。

すごく賢くてかわいい犬だけど、大型犬なので、だっこしたりはできない。

その点、コロは小学2年生のららちゃんでも、軽々だっこできる。

いつもは「かまって、かまって」と相手に音を上げさせる側のコロが、あまりにららちゃんがかまうので、途中からばてていた。

ちょっと困ったような顔をして、それでもじっと、されるがままになっている。

最後は、ららちゃんに見えないところに隠れていた。

コロはきっと、自分より元気のいい子に初めて会ったのかもしれない。

ららちゃんに会って、ずいぶんいろんな人生経験を味わったようでおかしかった。

これで、相手の気持ちがもっとよくわかるようになるかも。

コロがお泊りとなれば、当然ららちゃんも泊まっていくと言い出した。

コロと一緒に寝る！　と張り切ってベッドに入った。

コロのお泊りだけでも一大事なのに、ららちゃんも加わって、わが家は一気に擬似家族化した。

通常2名が、倍に増えるのだから大変なことだ。

結局、コロは私の布団の上に来て寝ていたけど。

早朝、ベロベロ顔をなめられてくすぐったかった。

子どもと犬の一日は、当然早い。

朝ごはんのパンケーキを焼くため、近所のコンビニまで牛乳を買いに行き、それかららららちゃんの好きな公園に散歩に行き……。

霜柱を踏んで、枯葉の落ちている広場を駆けっこして、帰ってから今度はららちゃんとコロとペンギンの食事を作り……。

コロのご飯は、ららちゃんも手伝ってくれた。

こういうの、なんだか経験があるなぁと思ったら、子どものころにやったおかあさんごっこだ。

私の場合ごっこだけど、本物のおかあさんは、こういうのが毎日毎日続くのだから、本当にごくろうなことだと思った。

3連休なので、ららちゃんは今日もお泊りだ。

急きょコロにも2泊してもらい、擬似家族が続いている。

さすがに朝からはしゃいでいたので、ららちゃん、夕方の5時半で、もう寝るとベッドに入った。

今、クゥクゥとかわいい寝息を立てて眠っている。

コロも、ちょっとお疲れ気味なので、今のうちにじっくり休んでもらわないと！
今日はららちゃん、コロに足拭き用の雑巾を縫ってくれた。
真ん中に、ちゃんと「コロ」と名前が入っている。

さてと、明日はどんな一日になりますか。

情が移る

1月15日

夕方、コロを針の先生のお宅に送り届けてから、そのままペンギンと駅前の居酒屋に行った。

お正月からずっと自分の作った料理ばかり食べてきたので、少し気分を変えたくなった。今年になって、初めての外食だ。

ペンギンは何度か行ったことがあるけれど、私は初めての店。

人気店なので、いつ通りかかっても混《こ》んでいる。

確かに、評判通り、おいしい店だった。

店長さんはじめ、店で働く若い人たちの気持ちがいいし、タラの芽を生ハムで巻いてから揚げた天ぷらとか、カニあんのレンコン饅頭《まんじゅう》とか、メニューにもなかなか気をきかせている。

ビールが飲みたい気分だったので、私は珍しく冷たい生ビールを飲みながら、おいしく食べていた。でも途中から、恐れていたことが現実になる。

カウンターの並びに座ったヒョウ柄女性が、タバコを吸い始めた。

普段は、なるべく禁煙のお店に足を運ぶのだけど、そこは、禁煙ではない。

しかも、連れの女性の方に煙がいかないよう反対側にタバコを向けるので、その煙が思いっきりこちらの方に流れてくる。

そうなると、料理の香りも飛んでしまうし、食べる楽しみが失《う》せてしまう。

その日は祝日ということもあり、子どもや赤ちゃんもいた。

もちろん、喫煙が可能な店なので仕方がないといえばそれまでだけど、もう少し、配慮があってもいいような……。

お店の方でも、せめて休日は禁煙にするとか、時間帯で分けたりとか、してくれたらいいのに。

オリンピックの開催が決まって、しきりに、国際化とか言われているけれど、私は、喫煙のルールや自転車道の整備などを、きちんと欧米並みにすることの方が、ずっと大事なんじゃないかと思う。

莫大なお金を費やして、今までの建築基準を全く無視した新しい国立競技場を作るなんてバカなことはやめて、そういうお金をもっときめの細かい「おもてなし」に使ってほしい。

第一、これから日本は人口がどんどん減っていくのに、8万人も収容する競技場を作ってどうするのだろう。

そういうことも、今度の都知事選では争点になるといいなぁと思った。

今日、ベッドの下を掃除していたら、コロの持ってきたボールが出てきた。

山形から清水さんのお米が届けば、5キロの袋を持って、コロと同じくらいだと思ってしまう。

コロはいつもリビングのドアの前を陣取っているので、ドアを開ける時はそっと開けるくせが身についた。

でも、ドアを開けても尻尾をぶんぶんに振ってまとわりついてくるコロがいないと、淋しくなる。

ペンギンは最近、しきりに「やばい」と言っている。

何が？　と聞くと、「これ以上コロに情が移ったら、死んじゃった時に悲しくなる」と。

私も、今そのことを文字にしただけで、なんだか涙がにじんできた。

コロには、長生きしてもらわないと。

優しく、厳しく

1月16日

久しぶりにららちゃんと一緒に過ごしたけれど、小学2年生は、もう完全に大人だった。

以前は、ペンギンのことを、「ペンギンさん」と呼んでいた。

でも、私が「ペンちゃん」と呼んだり、たまに「ペー」と呼び捨てにしたりするのを、ちゃんと見ていて、全く同じように真似をして、ペンギンを「ペンちゃん」とか「ペー」と呼んだりする。

私がペンギンに接する時の態度を、そのままコピーしているのだ。

恐ろしい。

しかも、お泊りした日の朝、ペンギンがいつまでも寝ていたら、「この人起こさなくていいの？」なんて、完全にさげすんだ言い方をする。

「ペンギンさん、すてき！　だ〜いすき」なんて言って、目をハートマークにしていたのは、いつの時代のことやら。

「この人」発言を聞いて以来、ららちゃんの前では、私も「ペンギンさん」と呼ぶよう心がけている。

ちなみに私のことは、たまに、間違って「ママ」と呼んじゃうことはあっても、ずっと変わらず「糸さん」だ。

小学校に上がる前までのららちゃんは、本当に言葉遣いがきれいで、注意する必要は全くなかった。

家庭での純粋培養の時は、その家庭さえしっかりしていれば問題ない。

でも学校に行くと、悪い言葉遣いや生意気な態度など、いろいろいろいろ覚えてくる。

それはそれで、そうしないとうまくやっていけない面もあるし、ある程度は仕方がないのかもしれないけど。

ららちゃんにも、だいぶ雑味が出てきた。

そうやって荒波にもまれて強くなっていくんだろうなぁと思いつつ、注意しなければいけないと思う場面も、時々ある。

子どもも、犬のしつけと一緒で、優しく褒めるだけではなく、時には厳しく叱ることも大事みたいだ。

優しさだけでも、厳しさだけでも偏ってしまう。そのさじ加減が、とても難しい。

私の場合は、とにかくららちゃんにもコロにも、なめられないようにと心がけている。なめられたら、終わりだもの。

その点、ペンギンはららちゃんに少しなめられているのかもしれない。

お絵かきにしても、ららちゃんは本当にいい絵を描くけれど、なんでも褒めればいいかというと、そうではない気がする。

集中していい絵を描く時と、明らかに手を抜いていい加減に描く時の差があからさまだから、いい加減に描いた絵まで褒めてしまうと、なんだ、これでいいんだ、と思われてしまう。

もっと幼い頃なら、とにかく褒めて褒めて褒めまくって才能を伸ばすのも必要だと思うけれど、小学2年生にもなれば、時には辛口な、客観的意見を伝えることも、大事のような気がする。

叱ったり、褒めたり、突き放したり、優しくしたり。

でもそれは、相手をよーく見ていないとできない。


この間、コロが私のお昼寝用の大事な枕を解体しようとしたので叱った時のこと。

「ダメ!」と言ったら、即座に小屋に逃げ隠れた。

そして、ヒステリーを起こしたみたいに、小屋の壁をガシャガシャ、ガシャガシャガシャやって暴れている。

最後には、敷いてあった自分の毛布を頭からかぶって、完全に引きこもり状態。

その後ろ姿があまりにおかしくて、笑ってしまった。


コロ、よっぽどショックだったのかしら?

でも、ダメなものはダメだと、きちんと伝えないと。

それからしばらく、小屋から出ようとしなかった。


それにしても、犬を飼う人の気持ちがわかるなぁ。

1匹が2匹、2匹が3匹と増えていく気持ちも、わかってきた。

子どもがいるのに、犬を飼うのも理解できる。

だって、子どもはどんどん自分の手を離れていってしまうけれど、犬は、愛情をかければかけるだけ、絆がより深まって親密になっていくんだもの。

それに、生意気なことも言わないし、口ごたえもしない。

ベルリンだと、同性愛のカップルがよく犬を連れて歩いているけど、その気持ちもすごくわかった。

犬は、自分たちの子どもみたいな存在だ。


今、私の細胞の一個一個から、おだしのようにじんわりとほとびているもの。

これを「母性」というのかな。

ららちゃんとコロの相乗効果で、私の体から、おだしがいっぱい溢れている。

川の字　1月19日

なんだか最近、「ペンギンと暮らす」じゃなくて「コロと暮らす」になっているけれど……。

昨日は、コロを初めてお風呂に入れた。

耳にお湯が入らないよう気をつけながら、体を洗う。

暴れるかと思ったら、おとなしかった。

ふだんはもしゃもしゃの毛でふっくらして見えるけれど、お湯がかかって毛がぺったんこになると、本来の体格が浮き彫りになる。

実は結構スリムなコロちゃん。

石鹼をつけ、体をきれいにする。

シャンプーが終わったら、今度はペンギンにバトンタッチして、体を乾かす。

モップ犬なので、すぐにバスタオルが重たくなった。

先週末に引き続き、今週もお泊り。

コロは、私たちの布団の上で寝たがる。

ときどき、寝返りを打つように体の向きを変えて、寝心地のよいポジションを探すコロ。

不意にぶつかってくる体が硬くて、しかも結構どっしりしている。

夜中、ふと目が覚めてコロを探したら、私とペンギンの布団のちょうど境目で眠っていた。

まさに、「川」の字。

コロは、すやすや気持ちよさそうだった。

だんだん、コロの好きなものもわかってきた。

靴下、下着、雑巾、ティッシュ。

コロが粗相したおしっこの水たまりを拭こうとすると、必ずすっ飛んできて邪魔をする。

早く拭きたいのに、雑巾で綱引きになってしまう。

ティッシュも大好きで、なんだかスースーと控えめな音がすると思ったら、コロが静かにティッシュを箱から抜き出していた。

朝、寝転がって石垣ねーさんと電話で話していたら、コロに唇を奪われた。

ぺろぺろ、ぺろぺろ、口を舐める。

ディープキスをしようとするので、必死に堪えた。
ときどき、鼻の穴や耳も攻めてくる。
あれがきっと、コロ流の「大好き」なのだろう。
かわいくて、かわいくて、もうどうしていいのかわからない。
午後は、コロと戯れながら、パンを焼いた。
クルミとイチジクとブルーベリーを入れた、パンドカンパーニュ。
私がパン生地をこねている間、コロは特等席でのんびりしている。

私のお昼寝ベッドが、コロのお気に入り。
焼きあがるのを待ち、夕方、パンと一緒に先生のお宅へ送り届けた。
上の犬たちが、元気よくコロをお出迎え。
どこに行っても、人気者のコロだ。
コロと一日でいいから、入れ替わってみたいなーと思う。
私が犬になって、コロが人間になる。
楽しそうだ。

本日のパンは

1月26日

今日のコロはよく寝てた。

窓辺、つり棚の下、お昼寝ベッド、ドアの前と、ときどき寝返りを打つように場所を変えながら、すやすや寝ている。

くぅくぅとうなったり、夢を見ているような時もあった。

最初に会った生後3ヶ月の頃から較べると、だいぶ大きくなったコロ。

はじめは手足が頼りなくて、抱っこするのが怖かったけど、最近は、しっかりと頑丈な体つきになってきた。

大きくなってからの方がむしろ表情が豊かになって、ますます可愛さを増している。

こうなったら、もうとことんまで大きくなっちゃえ！

どうやら今日、コロは、「抱っこ」という言葉を覚えたかもしれない。

あぐらをかいて、「抱っこする？」と声をかけると、すたすた近づいてきて足の間で丸くなる。

そういう時は、ナデナデしたり、肉球マッサージをしたり。

今日は抱っこして、仰向《あおむ》けになったコロのおなかを、ずっと撫でていた。

だんだん手足がふにゃふにゃになって、まぶたが落っこちてくる。

そういう表情がたまらなくかわいいのだ。

コロは雑種だけど、何かに似ているとずっと思っていた。

それが、ようやく判明する。

オールドイングリッシュシープドッグだ。

あの、もしゃもしゃのでっかい犬。

大きさがあまりにも違うので結びつかなかったけど、毛の感じとか、目がどこにあるのかわからないところとか、確かに似ている。

ぽっちゃりとした後ろ姿も、そっくり。

去年の夏、鎌倉に住んでいたとき、よく小町通りの近くをあの犬が歩いていた。

その時は、そういう名前だって知らなかったけど、いつ見ても、かわいいなぁ、好きだなぁ、と思って見ていたのだ。

すごく穏やかな性格で、人懐こくて、会えるといつも得をしたような気分になっていた。

でも、あんな大きい犬、わが家じゃ絶対に飼えないなぁとしょんぼり。

ところがどっこい、シーズーとトイプードルのかわいい面を両方受け継いだコロは、私が大好きな犬の種類に似ているのだ。

なんていう、幸運。

さしずめ、ミニチュアシープドッグという感じ。

今度コロを連れて歩いていて聞かれたら、そう答えてみようかな。

コロと戯れながらパンを焼く、という時間の過ごし方が私の中ではすっかり定着したらしく、今日もパンを焼いている。

「中に何にも入っていないのが食べたい！」とペンギンが言うので、食パンに挑む。

毛布でくるんで発酵を促していたら、コロがそばに寄ってきた。

コロとパン生地が、仲良く窓辺で日向《ひなた》ぼっこだ。

コロとパン生地、どちらも生き物という点では共通する。

今夜は、カレーソーセージドッグだ。

焼きたてのパンに、カレーソーセージを挟んで食べる。

カレーソーセージは、ベルリンで発案された食べ方で、現地では、カレーヴルストとして親しまれている。

焼いたり揚げたりしたソーセージに、カレー粉とケチャップをたっぷりかけて食べるんだけど、これがなかなかおいしいのだ。

以来うちでも、ソーセージを見るとつい、カレー粉とケチャップをかけてしまう。

コロの抱っことパン生地のお世話をしていたら、半日があっと言う間に過ぎてしまった。

夕方、コロを膝に載せていてふと外を見たら、雪が舞っている。

ほんの一瞬だったけど、この冬、初めて目にした雪だった。

雪、コロはわかったかな。

朝弁

1月28日

朝起きてカーテンを開けたら、ちょうど正面に、極細の三日月が浮かんでいて綺麗だった。

今日も、朝焼けの空が気持ちいい。

いつの間にか、食事当番のルールが変更になっている。

以前は、朝も夜もシェフはペンギンだったのに、最近は、朝ペンギンで夜は私。

ペンギン、仕事をしているので家事も半分こ。

私としても、料理脳がぐんぐん刺激されて、楽しい毎日だ。

今朝は、ペンギンが忙しいので、お弁当だった。

でもこのお弁当屋さん、全く馬鹿にできない。というか、素晴らしいのだ。

去年の夏、ペンギンが「発見」した。

私が鎌倉に行っていたので、毎日、ここのお弁当にお世話になったという。

お母さんスタッフが、毎日早起きして、手作りしているのだ。

すごいのは、ひと月毎《ごと》に発表されるメニューで、毎日違う。

材料にもこだわっていて、添加物も入れていないとのこと。

老人ホームなどにも配られているそうだ。

ほぼ毎日やって来て、ここのお弁当を食べるおばあちゃんがいるというのも、ごもっとも。

メニューを考えるだけでも大変だし、それに合わせて材料を揃えるのだって一苦労だ。

じつは、本当にすごいお弁当屋さんなのである。

今日は、こんな感じ。


メインはゆで豚ゴマソースと鰺《あじ》フライで、副菜は根菜の煮物に、さつま揚げ焼きネギ柚子《ゆず》ポン、インゲンのおかか和え。

ご飯も、山形産のお米をきりっと硬めに炊いてある。

これで、６００円だ。

メインが一品だけになると、５００円で買える。

ちなみに、明日のメインはポークソテーとぶりの照り焼き、明後日は一口トンカツと銀ダラつけ焼き、明々後日はポークソテーおろしソースとさわらの南蛮漬け。

もちろん、副菜も毎日変わる。

栄養も考えてあるし、容器もプラスチック製品は使わず、すべて紙を使っている。

働いているお母さん達もとっても気持ちよく、いつもニコニコ。

食べる人の顔が直接見えるから、今問題になっている異物混入なんてことも、起こらないだろう。

ペンギンは、ひと月分のメニューとにらめっこして、次はいつ朝弁にしようかと目論んでいる。

佐村河内守さん2

2月11日

あららららららら、そうだったんだ。

以前、日記にも書いた佐村河内守《さむらごうちまもる》さん。

「HIROSHIMA」に感銘を受けて、去年の夏、ぜひとも生演奏で聴きたいからと、横浜のコンサートホールにも聴きに行っていた。その会場に、ご本人もいらして……。

ふたりの連名とかユニットみたいな形にして発表していたら、なんの問題もなかっただろうに。残念だなぁ。

すごく寛大な気持ちで受け止めれば、「いい夢を見させてくれてありがとう」だし、厳しい言葉を投げるなら、「嘘をつくにもほどがある!」ってとこかしら?

でも、作品としては、素晴らしいのだ。

逆に言うと、まだまだ知られていない才能の持ち主が存在するということ。そのことの方が、驚きだった。

だから、こんなことで曲自体に汚点がついたり、ましてや聴かれなくなってしまうようなことがないよう、祈りたい。

私はずっと、「HIROSHIMA」をベルリンフィルに演奏してもらいたいと思ってきたけど、その気持ちはそのままだし、いつか、そんな日が来るといいなぁと思っている。

ただ、どこまでが彼の「事実」で、どこまでが「演出」だったのかは、きちんと彼の口から説明してもらいたいと思う。

障害というものをひとつの売りにしていたのだとしたら悲しいし、それを間近で見ていた奥さんは、どんな気持ちでいたのだろう。

テレビでは、精神安定剤など大量の薬を飲んだり、トイレにも行けないからとオムツをしたりしていたけれど、あれも彼の演出だとしたら……。

ドキュメンタリーと思って見ていた番組が、実はフィクションのドラマだったということになってしまう。

演出ということで言うと、『明日、ママがいない』に関しても、動向がとても気になっている。

私は、あのドラマ、本当に素晴らしい内容だと思って見ているので。

多少、演出のしすぎ？　と思う点はあるにせよ、子どもの立場になって子ども達の声をすくい上げている点が、何よりも素晴らしいと思う。

とても勇気のある内容だし、大人が目を背けがちな世界を真っ向から描いていて、意味のあるドラマだと思っている。

その心意気を、最後まで貫いてほしい。

ドラマの中で、子どもは親を選べない、というようなセリフがあったけれど、まさにその通りだ。

親の身勝手な都合によって施設に入らざるをえない子どもが増えていると聞くし、それでもひたすらに親を待つ子ども達の姿は、本当に切ない。

虐待の何が悲劇かというと、それでも子どもはお母さんやお父さんが好きだということ。

親が子どもに注ぐ愛情は無限大だと言われるけれど、実際はその逆で、子どもが親を思う愛情こそ、無限大だと思う。

そういうことが、『明日、ママがいない』の大きなテーマなんじゃないかな。


さてと、これから「HIROSHIMA」を聴こうかな。

どんな「親」でも、子どもは子ども。作品に、罪はないのだから。

マミー

2月12日

東京に45年ぶりの大雪が降った日、私はペンギンと合流して銀山《ぎんざん》温泉にいた。向こうは、東京など較べものにならないくらい、普通に雪が降っている。年に一度でいいから、雪景色を見るとホッとする。

誰が撮ってもポスターのようになるのは、銀山温泉のすごいところだ。ところどころ建物が新しくなったりはしているけれど、川の両脇に連なる宿の風情は、昔と変わらない。

本当に素敵なところだ。

今回、赤湯と銀山に一泊ずつしたけれど、その中でいちばん感動したのが、銀山温泉のお豆腐屋さんでいただいた生揚げだった。

雪の降る中おっかなびっくりドアを開けると、おばさんが、イチゴパックに入った生揚げを割り箸と一緒に出してくれた。

その熱々のおいしいこと。

しかも、隣の美容室と兼業らしく、なんでもないことのようにお豆腐を作っている。

東京だったら、毎日行列が出来そうなのに。

おいしいものを散々いただいたのに、それでもナンバーワンを獲得するのだから、よっぽどおいしい生揚げだったのだと思う。

東京に戻ったら、道みちに雪だるまやカマクラができていた。

ソリもあった。

そりゃ、東京の子にとったら、うれしいに違いない。

ペンギンは、その前にあった45年前の大雪のことを、覚えているそうだ。

その雪だるまも日に日に小さくなり、カマクラはだんだん黒ずんできている。

今日も、夕方お風呂に行ってきた。

途中に一本、すごく立派な梅の木がある。

もうすぐ満開。

今日は、夕方の5時半になっても、空がまだうっすら明るかった。

淡い空の色は、春だ。

毎日ほぼ同じ時間にお風呂に通っていると、顔なじみの風呂友ができる。

名前も年齢も知らないけれど、裸だけは知っているという不思議な関係。

中でも、よくお会いするおばさんがいて、最近、湯船に浸《つ》かりながらよくお話をするようになった。

寒い日なんか、「あなた、こっちの方があったかいから、こちらにいらっしゃい」と声をかけてくださる。

帰る時間が重なれば、世間話をしながら一緒に歩いて帰ってくる。

今日は、お風呂から上がって体を拭いていたら、「はい！」と瓶を渡された。

きょとんとしていると、「湯上がりにいいわよ」とさらりと言う。

見たら、マミーだった。

ふだん冷たい物はあまり飲まないのだけど、せっかくなのでいただいた。

懐かしい。

おそらく、三十数年ぶりのマミーだ。でも、昔とおんなじ味がする。

ゴクゴク飲みながら、思い出した。

マミーは風邪を引いて近所の小児科に行くと、そこで買ってもらえる飲み物だった。

たそがれコロ兵衛

2月16日

木曜日のお昼から、ずっとコロと一緒に過ごしている。
ちょっと前までは「坊や」って感じだったのに、最近は「少年」っぽくなってきた。
かなり大きくなったけど、まだ成長するのかな？
ところでコロ、本当は小顔でめちゃくちゃ美男子なのだ。
でも、ヘアスタイルのせいで、時々おちゃめな三枚目になってしまう。
大木《おおき》凡人《ぼんど》風のコロ。
結構、似ている。

ガリガリガリガリ熱心にかじっているのは、豚骨スープを取った後の骨。
ペンギンがポコパンに夢中になるように、コロも骨に夢中になっている。

さすがに金曜日は雪がすごくて、お散歩に連れて行ってあげられなかった。

窓の向こう側で降る雪を、一心にじーっと見つめている。

完全に、たそがれコロ兵衛になっていた。

コロちゃん、カーテンの下から、ちょこんと尻尾がはみ出していますよ。


ようやく雪が止《や》んだので散歩に連れ出したら、大喜び。

雪の上ではしゃぎまくっていた。

真っ白い雪の上に放たれたコロの立派なうんちが、笑っている。

やっぱり、犬は雪が好きなのかしら？

寝ている時、コロが寝返りを打つ時の、ドスンという重みがたまらない。

しばらくコロを膝の上に抱っこしていると、その感覚がずーっと残っている。

あったかいコロ。

あぐらをかいておいでと呼ぶと、とことこやってきて足の間で丸くなり、飽きるとまた別のところに移動する。

来週からしばらくコロに会えなくなるので、今のうちに精一杯、コロ時間を貯金しておかないと！

コロの散歩のついでに花屋さんに寄ってチューリップを買ってきた。
部屋が温かかったのか、花瓶に活けたら、一気に開いている。

午後4時半、コロの毛を撫でながら『昭和の犬』を読み終えた。
いろんな犬が登場する。
私にとっても、コロは「滋養」。
安らぎと平和と幸福をもたらす魔法の犬だ。
コロに依存しすぎないようにしなきゃと思っている。

夜明け前に

2月20日

朝、3時半に起きて、女子のフィギュアスケートを応援する。

浅田真央選手は実力を発揮できず……。

4年間の集大成をほんの数分の演技に集約しなくちゃいけないフィギュアスケートって、本当に過酷な世界だとつくづく思った。

ものすごい精神力がないと、できないのだろう。

試合が終わっても、まだ仕事をするには早かったので、録画をしておいた『明日、ママがいない』を見る。

第6話、本当に本当に素晴らしかった。拍手喝采！

いまだに感動の余韻がさめなくて、朝6時にこうして日記を書いている。

番組を作っている人たちが、本当に闘っているのを感じずにはいられない。

子ども達を前に語る施設長の言葉が、見事だ。

つまらない偽善者になるな、つまらない大人になるな、つまらない人間になるな。

心に受け止めるクッションを持て。

お前たちは、傷つけられたんじゃない、磨かれたんだ。

可哀相と言う人の方が、可哀相。

騒動があって、私自身ずっともやもやしていた気持ちがあったのだけど、あの言葉ですっきりした。

それが、騒動に対する、製作者側からの答えだと思う。

子どもは、どこまで親の罪を背負って生きていかなくてはいけないのか。

その大きな疑問に対する答えのようなものを感じた。

主人公の呼び名が「ポスト」だということで、実際に施設にいる子ども達が傷つけられる恐れがあるから問題だというけれど、それはドラマに問題があるのではなく、それをいじめの材料にする周りの子に問題があるのであって、もっと言えばそういう状況を生んだ環境や、大人の社会全体の問題だと思う。

なんでも表面や言葉じりだけをつかまえて、本質を見ようとしないことの方が、偽善者ぶっていて恥ずかしいんじゃないかな。

こういうことが起きるといつも思うけれど、大声を出した方が勝ち、先に言った者の方がなんとなく正論になるのは、どうなんだろう。

そしてそれを、単なる野次馬目線で、おもしろおかしく騒ぎ立てる風潮もどうなんだろう。

でも、今日第6話を見て、胸につかえていたものが本当にスカッとした。

あんまり感動したから、もう一回見ちゃおうかな。

オンデマンドで簡単に見られるので、ぜひ見てください。

ホームシック

2月22日

結局、コロはわが家に5日間お泊りした。

本当は週末だけの予定だったのだけど、コロちゃんママ（針の先生）が長野に行ったきり雪で道路が寸断され、東京に戻れなくなってしまったのだ。

その間、コロとべったり過ごす。

なんとなくコロの様子がおかしくなってきたのは、4日目のお昼頃だった。

どうも元気がない。しょんぼりして、動きもゆっくりになってきた。

ベランダに出ては、じっと外を眺めている。

あれ？　と思ったのはゴハンを出した時で、大好きな鶏のササミなのに、食べようとしないのだ。

もともと、そんなにコロはガツガツ食べる方ではなかったのだけど。

手にのせてあげたらようやく食べたので、とりあえずそうやって餌をあげる。

それでも、全部は食べられなかった。

夜のゴハンの時も同じで、すぐに餌から離れようとする。

しかも、ふだん以上に甘えん坊になって、すぐに私の膝の上で丸くなる。

そういう時は、とにかくずっとコロの体を優しく優しく撫でていた。

よく考えると、コロは普段、先生のお宅で、モネとミロという2頭の犬と常にはしゃぎまくっているのだ。

しかも、ママとそんなに長く離れるのも初めて。

人間だったら雪の影響で帰ってこられないのだ、と理解できるけれど、犬にはそんなこと、さっぱりわからない。

もうママにもきょうだい達にも会えないのかと、不安になったのだろう。

淋しくて寂しくて、仕方がなかったのかもしれない。

それで、コロの気が少しでも紛れるように、いっぱいお散歩に連れ出した。

ペンギンはペンギンで、しまってあったエリック（ぬいぐるみ）を出してきて、コロと遊んであげた。

コロ、小さな体で精いっぱい耐えていたのだ。

きけば、先生のお宅でお留守番をしていたモネとミロも、やっぱり4日目くらいから様子がおかしくなったという。

ってことは、犬にとって3日までは飼い主と離れても大丈夫だけれど、それより長くなると、精神的にストレスを感じるということかもしれない。

犬にも、ちゃんと「心」があって、すごく敏感に感じているんだなぁというのが、つくづくわかった出来事だった。

5日目の午後、先生がようやく戻ってこられたので、コロも無事、家に帰れて一安心。

ところで、私は明日から海外だ。

去年は一度も外国に行かなかったので、本当に久しぶり。

しかも、初めての国。まさか、自分が行くとは想像もしていなかった。

夏のモンゴルに行った時はさすがにホームシックというか日本シックになったけど、今回はどうだろう？

過酷と言えば、過酷かもしれない。

大丈夫なように、スーツケースには山ほどのお煎餅《せんべい》が入っている。

スパイス村へ

2月25日

シンガポールでねーさんと合流し、そこからコーチン空港へ。

目的地は、南インドのケララ。

初めてのインドだ。

今いるのは、標高1700メートルのところにある、南インドの軽井沢みたいな場所。

車で5時間半もかけ、はるばるやって来た。

そこにある、スパイス村に滞在している。

ふだんスパイスの実がなっている姿を見ることは滅多にないけれど、ここではその辺にある木にコショウの実がなっていたりする。

ホテルの料理にもスパイスがたくさん使われていて、すごくおいしい。

モンゴルでは、肉肉肉の食生活で体がストライキを起こしたけれど、インドでは、その心配が皆無だった。

野菜料理が充実している。

毎食カレーも、今のところ全く苦にならない。

日本から持ってきた食料の出番がなくて、逆に困るほど。

今日は、朝7時半からのヨガに参加した。

周囲はぐるりと木々に囲まれ、ヨガの場所だけが網戸で囲まれている。

方々から鳥の声が響いてきて、幸せだった。

敷地の中を自由にニワトリがお散歩しているし、リスもいたし、猿もいる。

名前はわからないけれど、尾羽がひょろんと長くて二股になっている黒い鳥が美しかった。

朝食の後は、エレファントトレッキングに参加して、象に乗ってきた。

私たちをのせてくれたのは、メスのナニーちゃん、35歳。

象の寿命は120歳とのことなので、まだまだ若い乙女象だった。

なんだか、申し訳なくなってしまったけれど。

そしてこれから、アーユルヴェーダを受ける。
今、カシミアみたいに柔らかい、上質の風が吹いてすっごく気持ちいい。
今回は、ソウルシスターズとの旅だ。
明日、ボートでノンノンと合流し、今度は湖の方を目指す。
スパイス村があまりに居心地がいいので、離れるのはさみしいけれど。
明日になったら、三姉妹がインドに終結する。

湖の上で

2月27日

昨日は午前中にスパイス村を出て、お昼過ぎに無事ノンノンと合流した。
これで、心の三姉妹が全員、インドに集結した。
今回は、私たちの他に、インド在住のユキさんも一緒に行動する。
30代、40代、50代、60代が見事揃った、(元)女子の4人旅だ。
さっそく、予約していたバックボートの船に乗り込む。
天然素材の、とてもチャーミングな船だった。

南インドにある巨大な湖を、貸し切りの船に乗って移動するのだ。
湖からは細い運河がいくつも繋がっており、人々が暮らす家や寺院、ヤシの木や水田を眺めながら、ゆったりとした時間を過ごす。

湖で泳ぐ少年、小船を浮かべて魚を釣るおじいさん、腰まで水に浸かって洗濯物を洗う女性など、飾らない普段の生活を垣間見ることができる。

暮れなずむ湖が、美しかった。


船には、私たち4人の他に、細々としたケアをしてくれる人と、料理上手なシェフ、それに舵《かじ》を切る運転手さんが乗り込み、まるで移動するホテルのよう。

部屋には、シャワーとトイレもついている。

途中、水上マーケットで夜に飲むビールやワインを買い、ヒンドゥー教のお寺では、お祭りも見せていただく。

ランチに始まり、おやつ、ディナーと、至れり尽くせりだった。

夜は、船からイカリを下ろして停泊し、湖の上で眠る。

ねーさんがせっかく日本から一人用の蚊帳《かや》を持ってきてくれたので、私は、船の先端部分にそれを置いて外で寝ることに。

寝転がると、満天の星が輝いていた。

ちゃぽんちゃぽんと、魚の跳ねる音を聞きながら眠りにつく。

湖のパワーに圧倒されたのか、あまり深くは眠れなかった。ちょうどお祭りの時期が重なったせいか、近くの家かお寺で、大音量でダンスミュージックがかかっている。

けれど、あまりの星のきれいさに、心はそれほど乱されなかった。

夜明け前の午前3時頃、同じように眠れないと訴えるノンノンが部屋から出てきたので、蚊帳の中にふたりで入って、マッサージをプレゼントする。

星空の下の、スペシャルマッサージだった。

ノンノンの背中に手を当てていたら、スーッと流れ星が通っていく。

流れ星、ずいぶん久しぶりに見たような気がする。

ずっと手当てをしていたら、ノンノンがすやすやと眠り始めた。

私、マッサージを受けるのが大好きだけど、同じくらいマッサージをしてあげるのも好き。特に好きな相手だったら、自慢じゃないけど、かなりのハンドパワーを発揮することができる。

夜明け前に、三日月が浮かんできた。

インド人の若い女の子みたいな、とてもスリムな三日月だった。

夜明けと共に目を覚ましたノンノンも、体が楽になったと喜んでくれたので大満足。

その後、再び動き出した船の上で朝食をいただき、次なる目的地、ココナツラグーンを目指す。

ここからはもう、移動がないので楽ちん。

この場所に一週間ほど滞在し、アーユルヴェーダを満喫するのだ。


あと30分で、私の番。

今日はシロダラと、スペシャルオイルマッサージのセット。

インドでアーユルヴェーダはれっきとした医療行為で、お医者さんの診察を受けてから始めるもの。

そして、日本よりもずっとずっと手軽に受けることができる。

私もさっき、お医者さんと話してきた。

アーユルヴェーダ好きの私には、たまらない一週間になりそう。

身も心も、軽くなって帰りたいところだけど、ご飯がおいしすぎるのでどうなることやら。

インドの過ごし方

3月4日

ようやく、一日の時間割ができつつある。

朝は夜明け前に自然と毎日目が覚める。

日本との時差は3時間だから、なるべく早寝早起きをしていた方が、帰った時の負担も少ない。

その頃外はまだ真っ暗で、空には星が残っている。

お湯を沸かしてお茶をいれている間に、シャワーを浴びる。

トイレとシャワーが、外にあるのがなんとも気持ちいい。

すっきりしたら、外のテラスにお茶を持っていって、ゆっくりと夜が明けるのを待つ。

少しずつ、鳥の声が賑やかになって、空が白んでくる。

キャンドルをともし、蚊取り線香をたいてリラックス。

6時半くらいになると、隣の部屋のノンノンが起きてくるので、ふたりで朝のティータイム。

7時から8時はヨガの時間。

目の前にはどこまでも水田が広がり、その湿地にたくさんの鳥たちが集まってくる。

鳥の声を聞きながら、自然の中でヨガをするのは、なんとも幸せ。

ヨガが終わったら、お部屋にもどって、少しだけお仕事。

本当は、こっちでいろいろやることを考えていたのだけれど、蓋を開けてみたら、ほとんど文字も書いていないし、読んでもいない。

Wi-Fiもほぼ通じないので、ひたすらリラックスして過ごしている。

そうすると、どんどん頭の中が空っぽになる。

東京にいる時は、作品のこととか、常に頭の中が言葉であふれているから、こんなふうに時間を過ごすことで一度頭の中をすっからかんにするのは、とてもいいことかもしれない。

9時半になったら、レストランに行って朝ご飯を食べる。

朝食後は、水着に着替えて、プールサイドに移動。

ここでも、ひたすらリラックス。

iPadにたくさん電子書籍をダウンロードしてきたのだけど、まだ全然読んでいない。

それよりも、プールで泳いだり、木陰でぼーっとして過ごしている。

プールは社交場にもなっていて、いろんなところから来ている人たちとお話しするのが、すごく楽しい。

ヨーロッパからのゲストが多いけれど、他にもアラブやアフリカ、オーストラリア、インドネシア、北インドからも、ここに来ている。

ゲストもフレンドリーな人達が多くて、話に花が咲く。

その流れで、一緒にランチをしたり、同じテーブルでディナーを食べたり、つかの間、同じホテルに滞在しているゲスト同士が親しくなる。

私も、プールで素敵な出会いがあった。

このことは、また日本に帰ってから、ゆっくり書こう。

2時半か3時くらいまでプールで過ごしたら、次はアーユルヴェーダ。

今いる南インドのケララは、アーユルヴェーダ発祥の地。

確かに、気温が高いので、アーユルヴェーダを受けるには最高なのだ。

何よりも、環境が素晴らしい。

目の前は水田で、方々から美しい鳥の声が響き、クーラーではない、自然の風が存分に入ってくる。

来る前は暑いんじゃないかと心配だったけど、日本の夏ほど不快感を覚えない。

ユキさんが、インドでは天気予報を見ないと話していたのにも納得した。

どっちにしろ暑いので、30度でも35度でも40度でも、それほど違いを感じないのだ。

昨日は、シロダラをやってみたのだけど、始まってすぐに意識が吹き飛んだ。

シロダラは、おでこや頭にオイルを垂らすアーユルヴェーダ。

オイルの垂れる位置をゆっくりと動かしてくれるので、まさに恍惚とした気分になる。

毎日アーユルヴェーダを受けていたら、最初はゴワゴワの毛布のようだった自分の体が、今はまるで一枚の薄い絹のように感じる。

なんという心地よさ。


アーユルヴェーダが終わる頃、チャイ屋のおばあちゃんが船でチャイを持ってきてくれるので、そこでティータイム。

毎日違ったおやつが2種類あって、それがまた素朴な味ですごく美味しい。

そこでも、お茶を飲みに集まってきたゲスト達とちょっとした井戸端会議になる。

そして、6時半から、もう一度ヨガ。

ヨガが終わる頃には、すっかり陽が暮れている。

晩ご飯は、7時半か8時くらいから。
昨日は、日曜日なので、初めてホテルの外に出て、お土産用の布を買ってきた。
インドに来て初めて、トゥクトゥクにも乗った。
道中、ポストを探して日本へのハガキも投函する。
無事、届くのかしら？
そして、夕方はサンセットクルーズにも行ってきた。
湖に船を浮かべ、太陽が沈むのを待つ。
残念ながら、そんなに素敵な夕暮れには出会えなかったけれど。
と、ここまで書いて、ようやく自分の勘違いに気づいた。
昨日は月曜日だった。
もう、今日が何月何日かもわからない。
淋しいことに、私のインド滞在もあと二日。
明々後日の夕方には、ホテルを出なくちゃいけない。
もっともっとここにいたい。
帰りたくない。
今度は、絶対に一ヶ月は滞在しないと。

beautiful 朝ごはん

3月5日

昨日は夜、雨が降った。

インドに来て、初めての雨。しかも、スコールのような激しい雨だった。

インドでは滅多に雨が降らないので、インドの人たちは、雨が降るとすごく喜ぶのだという。

雨の中、外に飛び出し、踊ったり歌ったりするらしい。

レストランのスタッフさん達も、雨が降ってきたらみんな目を輝かせて外を見ていた。

朝、大きな葉っぱに水滴がついていて、きれいだった。

それにしても、インド料理のなんとおいしいこと！

未だにお煎餅に手をつけていないなんて、奇跡としか思えない。

私にとっては、特に朝ごはんが最高だ。

夜は軽めに食べる分、朝ごはんはゆっくりと時間をかけて、たっぷりいただく。

だいたい、どの料理が自分の好みかもわかってきた。

まずは、フレッシュジュースを取りに行く。

毎朝、パイナップル、グレープフルーツ、スイカ、キュウリなど、日替わりで用意されている。

中でも私は、スイカジュースが好き。

それと一緒に、フレッシュのココナツミルクもお願いする。

こちらは、小声で。

というのは、フレッシュのココナツミルクは、ビュッフェのメニューの中にないから。

ボーイさんにこっそり頼んで、厨房の中から持ってきてもらう。

これに、蜂蜜を入れて飲む。

その次にお願いするのは、ドーサだ。

ドーサは、米粉を薄く薄くクレープ状に焼いたもの。

いつもドーサを焼いてくれるシェフに、“One beautiful dosa, please.”とお願いすると、見事なピラミッドの形に作ってくれる。

これに、お好みで、トマト、ココナツ、バジル、3種類のチャツネをつけて食べる。

パリッとして、なんともいえず美味しいのだ。

ドーサと一日ずつ交代で食べているのは、ワッバムだ。

こちらも、原料は米粉。

真ん中に卵を落としてもらい、目玉焼きのようにして食べる。

これに、日本から持って来たお醬油をかけたら、最高に美味しかった！

もとが米粉なので、お醬油との相性が抜群。

インド料理はお米を使っているのが多いから、日本人にも馴染みやすいのかもしれない。

そして、最後にたっぷりのフルーツで締める。

これが、基本的な私の朝ごはん。

朝ごはんをしっかりいただくので、お昼はプールサイドでラッシーを飲んだりするだけで十分。

夜は、インドの夕飯がかなり遅いスタートなので、胃に負担がかからないよう、私はビュッフェではなく、アラカルトでスープなどの軽めの食事を頼んでいる。

日本にいる時同様、夜、美味しいヨーグルトをいただけるのも、嬉しい。

今日は、11時から、厨房に入れてもらってシェフにスープの作り方を教えてもらう予定だ。

毎晩、2種類くらいのスープが出るのだけど、そのスープが毎日違って、本当に見事な味なのだ。

このスープを飲んでいるから、お味噌汁が恋しくならずに済んでいるのかもしれない。

今日はどんなスープが飲めるだろうと思うと、わくわくする。

丸一日過ごせるのは、今日が最後。

もう一日しかないと思うんじゃなくて、まだ一日もあると思おうね、とさっきノンノンと話したところ。

この窓からの景色を、思う存分に見ておこう。

今日も、素敵な一日でありますように。

天国

3月7日

現地集合、現地解散の旅なので、ひとり帰って、また今朝ふたり帰って、とうとうホテルに残っているのは私だけになった。

私も、夕方にはホテルを出て空港に行かなくちゃいけない。

昨日はユキさん、ノンノンとご一緒できる最後のランチだったので、特別に予約をしてカレーランチをいただいた。

大きなバナナの葉っぱのお皿に、次々と料理を並べてくれる。

しかも、それを全部手で食べる。

左手は使わず、右手だけで。

ヨーグルトとパイナップルのカレーをはじめ、脇に添えられた漬け物やチャツネを、少しずつご飯に混ぜて、お団子みたいに丸めながらいただくのが本式らしい。

私は、赤いほうれん草とタロ芋の野菜カツレツに、めろめろだった。

揚げたてに、お醬油をかけて食べたら、なんとも美味。

すべて食べ終わったら、紅茶とレモンのお湯で、右手を洗う。

見ていると、インドの人たちは本当に上手に右手を動かして食べている。

自分でも手で食べながら、インドの人たちは、こんなふうに、食べ物からのスパイスも、手のひらから取り入れているんじゃないかと思った。

それが、インドの人たちの強さの秘訣かもしれない。


インドにいると、「手」の力を感じる。

アーユルヴェーダをしてくれる女性たちの中にも、ゴッドハンドがいる。

彼女の名は、ビジさんで、こちらの言葉で、「女性」という意味だと話していた。

見た目はまさに「肝っ玉かーさん」で、肉厚の手が最高なのだ。

ビジさんの手は、まさにミラクル。

でも、手のひらだけじゃなかった。

ビジさんに足の裏を使ったフットマッサージをお願いしたら、ぎゅーっと、まるで象の鼻のように私の体に吸いついてきて、すごかった。

ビジさんはゴッドハンドであり、ゴッドフット。

ここでビジさんに出会えたことも、今回の旅の大きな収穫だ。

ノンノンとユキさんが帰ってしまったので、今日の朝食はひとりだった。

いつものように、まずはスイカジュースを飲み、目玉焼きを落としたアッパム（もちろんお醤油味）を食べ、パイナップルジュースも飲み、更に今日は最後なのでドーサもお願いした。

いつものシェフに、ピラミッドみたいな美しいドーサを作ってね、とお願いしたら、気合が入りすぎたのか、一枚目は焦げて失敗し、新たにもう一枚焼いてくれた。

香ばしくて、素敵な味。

最後はしぼりたてのココナツミルクに蜂蜜を入れて飲み、完璧なインドの朝ごはんが終了した。

これから少しプールで泳いで、午後は最後のアーユルヴェーダを受ける。

もちろん、ビジさんがやってくれる。

アーユルヴェーダが終わったら、チャイを飲みに行って、ベンチに座って静かに夕陽を眺め、夕方6時にチェックアウトし、コーチン空港へ向かう。

空がきれい。
鳥がきれい。
風がきれい。
光がきれい。
緑がきれい。
水がきれい。
星がきれい。
人がきれい。
ここは、私にとってまさに天国みたいに美しい場所。
今、私のすべてが、キラキラとした素敵なもので満たされている。

nani !!!

3月8日

灼熱のインドにいたので、東京に戻ったらあまりの寒さに体が震えた。

家に帰ると、ペンギンが、リクエスト通りにレンコンのきんぴらと、お豆腐のお味噌汁を作って待っていてくれる。

久しぶりの日本の味。

私にとっては、おふくろの味だ。

やっぱり、お布団は自分ちが一番だ。

時差はそんなにないので体は楽。

ただ、明け方ふと目が覚めた時、寝ぼけて日本に帰っていることを忘れてしまい、ペンギンを見て、新しいボーイさんが入ったのかと思ったのには、自分でもおかしかった。

今、空港から送ったスーツケースの到着を待っている。

膝の上にいるのは、もちろんコロだ。

私がインドに発《た》ってすぐトリミングサロンに行ったので、もう大木凡人じゃなくて、キムタクになった。


それにしても、素敵な旅だった。

ほとんどずっと同じ場所にいたので、旅をしたというより、時間そのものを味わった感じ。ホテルへの移動以外、ほとんどホテルの外に出なかったので、インドに行った、とは言い難いけど。

観光もせず、ただただ自分の体を癒すための、贅沢な旅だった。

まるで、夢のような日々を過ごすことができた。

インドには、30近い言語があり、その中でも地域や集団によって数え切れないほどの方言があるとのこと。

だから、映画も新聞も、その地域ごとに作られている。

インド人同士でも、英語で話すこともしばしばだとか。

私たちが滞在していた南インドのケララ州の人々が使っているのは、マラヤラム語。

マラヤラム語で、ありがとうは、「ナンニ」なので、それだけは覚えた。

もう、心の中は、「nani（ナンニ）」だらけだ。

自分が深い悲しみに襲われた時、自分の人生がもう終わるとわかった時、迷わずあのホテルに行こうと決めた。

私にとって、とても大切な場所が見つかった。

たくさんの素敵な出会いに、nani!!!

牛コレクション　3月10日

インドに行って、牛の可愛さに開眼した。

道ばたにも野良牛たちがいるし、原っぱにもたくさんいる。

その牛たちが、どれも皆キュートなのだ。

いつか食べられるという心配がないからかしら?

とにかく、インドの牛たちは、穏やかで優しい表情をしている。

インドの犬はちっとも可愛げがなかったけれど、その分牛は、うんと可愛かった。

ホテルにいる牛たちは、リードで繋がれていたけど、インドで、繋いでいる牛は珍しいとのこと。

ペットってことなのかなぁ。

とにかく、どの牛たちも、愛嬌のある顔をしている。

ただ、向こうは軽くじゃれているつもりでも、牛は牛なので、頭突きされると痛かった。

移動中、競《せり》を待つ牛たちの集団にも出会った。

こちらは、角をペイントしておめかし。

高く売れるように、色をつけて綺麗に見せているらしい。


でも、やっぱり一番可愛かったのは、ホテルの庭にいた子。

体が小さかったから、まだ子牛かもしれない。

コロと性格が似ていて、私の日傘をおもちゃにして遊んでいた。

この日傘も、日差しの強いインドでは大活躍、持って行って正解だった。

思い出プール

3月14日

カトリーヌと会ったのは、プールの水の中だった。

一部に、ジャグジーの場所があって、そこに行ったら、先にカトリーヌが入っていたのだ。

真っ白い髪の毛のおかっぱ頭で、サングラスをかけていた。

お上品な、おばぁちゃま。

それが、カトリーヌの第一印象だった。

私が近づくと、カトリーヌの方から声をかけてきた。

「日本から来てるの？」

「そうよ。あなたはどこから？」

「スイス」

「まぁ、私、来月スイスに行くのよ」

「あら、どうして？」

「私、日本で本を書いててね、それがフランス語に訳された関係で、ジュネーブのブックフェアに招待されたの」

「えっ、そのブックフェアに、私、毎年行ってるわ！」

と、最初はこんな感じの会話を英語で話していた。

ブクブクブクブクと、お互い、巨大な泡にもまれながら。

カトリーヌは、ひとりでインドに来ていた。

それを私は、パワフルね！　なんて言っていたのだ。

でも、全然そうじゃなかった。

世間話をしていたら、突然カトリーヌが泣き出したのだ。

自分は一週間以上このホテルにいるけれど、ずっと淋しかったと。

でも、今やっと、楽しいと思えたのだという。

話を聞くと、カトリーヌは2ヶ月前に、ご主人を亡くしたばかりだった。

その悲しみを癒して、彼の死を受け入れるために、思い出の地のインドに来たという。

きっと、カトリーヌがあまりに悲しみに暮れているので、家族が送り出したのかもしれない。

カトリーヌには、3人の息子さんがいる。

ご主人とは、21歳の時に結婚し、60年、一緒にいたという。

それでもカトリーヌは、短かった、もっともっと長く一緒にいたかった、と涙を流すのだ。

私も、話を聞きながら、プールでぼろぼろ泣いていた。

カトリーヌとは、なんていうか、運命的な出会いだった。

それから、朝も夜も、一緒にごはんを食べ、お互い、いろんなことを話した。

今はもう、カトリーヌもスイスに帰って、今度はメールでやりとりしている。

カトリーヌは82歳だけど、心は少女。

かわいくて、すてきで、頭が良くて、ユーモアがあって、オシャレで、こんな歳の重ね方ができたらどんなに幸せだろう、と思った。

また来年、プールでカトリーヌに会いたい。

もちろんその前に、来月スイスで再会するけど。

インドに行ってカトリーヌに出会えたことは、神様からのプレゼントかもしれない。

またひとり、大切な親友ができた。

他にも、プールでは、おしゃべり好きなイギリス人のおじさんと親しくなったり、お互いに相手が日本人と思わずに最初は英語で話していたベルギーに住む日本人、ユーコさんと会ったり、いろんな出会いがあった。
私にとっては、大事な大事な、思い出プール。
また、プールで素晴らしい出会いがありますように！

伊勢海老御免

3月18日

伊勢に住んでいるペンギンのおばさんから、伊勢海老が届いた。

今年のお正月明けに、おじちゃまが亡くなって、送ってくれたのは、その奥さんの千恵子さん。

おじちゃまの看病を、ずっと千恵子さんがひとりでされてきた。

そんなことがあって届いた、伊勢海老。

いい伊勢海老は全部ホテルに行っちゃうから、小さいのしか送ってあげられないけど、お味噌汁にでもして食べてね、と千恵子さんは言っていたのに、届いたのは、ものすごく立派な伊勢海老だった。

しかも、生きている。

その日は食べられなかったため、翌日食べようと、そのまま外に箱ごと置いておいたのだ。

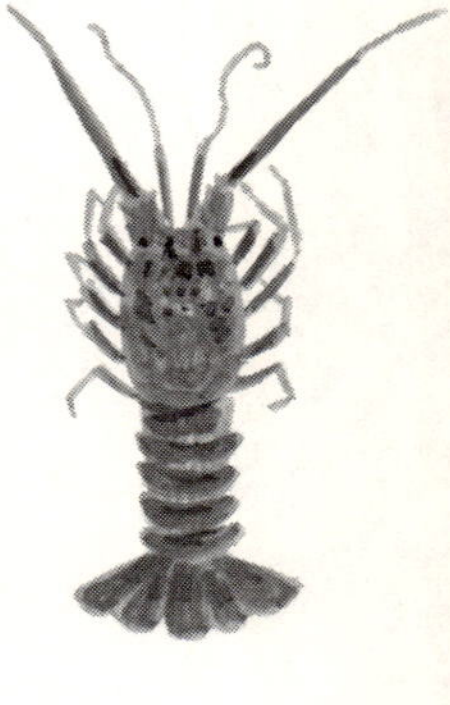

そして翌日再び箱を開けると、まだちゃんと生きていた。体長30センチはある。おがくずみたいな中から恐る恐る引っ張り出し、流しに置くと、思いっきり暴れまわった。しかも、大きいのの陰に隠れて、もう一尾小さいのもいる。

こちらも、健在。

こんなの、私、絶対に料理できません。

それで、ペンギンの仕事が終わるのを待ち、ペンギンにやってもらうことにした。


フグを切るためにと、買ったばかりの出刃包丁を取り出す。

ペンギンは、イヤイヤながらも軍手をはめてスタンバイ。

伊勢海老が入っていたダンボールの側面に、さばき方が示してあった。

左右の関節と関節の間に、上手に切り込みを入れるという。

私は見ていられなかったので、ペンギンにすべてお任せした。

ギャーギャー騒ぎながら、ペンギンが伊勢海老と格闘している様子を、目はふさぎ、耳だけで聞いていたのだが。

「切ったよ」の声がしたのでまな板を見ると、なんとペンギン、立派な伊勢海老を、頭と胴で真っ二つに切っている。

人間でいうと、首を落としたような状態だ。

しかも、そんなふうに体がふたつに分断されたのに、伊勢海老、まだ生きていて元気良く動くのだ。

その姿を見ていたら、腰がぬけて、立っていられなくなった。

出刃包丁を握るペンギンも泣いているし、もちろん、私の目にも涙、涙。

ナマンダー、ナマンダー、と声にしながら、ペンギンが更に伊勢海老に包丁を入れる。

その頃になると、生命力の強い伊勢海老も、ようやく息絶えたようだった。

みんながみんな、自分の食べ物を、こんなふうに、毎回自分で殺したりしていたら、無駄にする食べ物はずいぶん減るだろう。

大きい方の伊勢海老は、そのままオーブンで焼き、小さい方はスープにした。

私は、すっかり気が動転してしまい、手が震え、うっかり、人参のサラダに大量の塩をふりかけてしょっぱくした。

おじちゃまのお葬式でも泣かなかったペンギンが、伊勢海老の死に涙している。

ごめんなさい、と謝りながら、伊勢海老を大事に大事にいただいた。

もちろん本当に美味しかったのだけど、もう生きた伊勢海老をいただくのは、勘弁してほしい。

はじめての、春

3月23日

だんだん、暖かくなってきた。

コロにとっては、はじめての、春。

まだ去勢をしていないコロは今、発情期を迎えている。

まるで、そのことしか考えられない16歳男子と一緒にいるみたいな気分になる。

この間は、撮影で来てくれたカメラマンさんの足にしがみついて離れなくなった。

右足を両手でつかんで腰をフリフリ、それが済むと今度は左足をつかんで腰をフリフリ。

相手が歩こうがお構いなしで、無理やりくっついて腰を振っている。

その時、一緒にいたのは女性4人だったけど、コロは一目散にもっとも若いカメラマンさんのもとへ飛びついたのだった。

さんざん腰を振って、少し休憩したかと思ったら、撮影の仕事が終わると同時にむくっと起きて、また腰を振っていた。
昨日は、うちの玄関にコートかけを設置しにきてくれた男の人に、腰をフリフリ。
優しそうな彼に、すっかりご執心だった。
フリフリ、フリフリ。フリフリ、フリフリ。すごいパワーだ。
そしてふと彼のズボンの裾の方を見ると、あら？　なんだか濡れている。
右にも左にも、2箇所ずつ、合計4箇所のシミができているのだ。
これは、もしかして……。

彼が帰ると、コロはすっかり力尽きたようにベランダで伸びていた。
夜は、新婚のいだっち夫妻とごはん。
ヨガの帰りに八百屋さんに行ったら、春の恵みが盛りだくさんで嬉しくなった。
筍、うるいのおひたし、ふきのとうの天ぷら、菜の花の白あえ。

コロちゃんママにいただいた鹿のパテのパイ包みには、人参のサラダを添えて、レンズ豆のスープはガラムマサラを入れてインド風に、インドで手に入れたパパドゥも揚げてみた。
ご飯は、ペンギンのリクエストに応えて、空豆ごはんをおむすびにする。

最近はコロもドッグフードではなく人間と同じ物を食べるようになったので、昨日は、鶏のササミと大根とキャベツを入れたリゾットを作った。

コロが、元気よく残さずに食べてくれると、すごく嬉しい。

人間だって犬だって、愛情を持って料理を作れば、きっと相手に伝わるんじゃないかしら？


今日は日曜日。

コロを連れて、近くの公園に行く。

コロは、葉っぱやお花のにおいを、興味深そうにくんくんかいでいる。

ふだんは舗装された道路ばかり歩いているから、犬にとっても、土の上を歩くのは気持ちいいのかもしれない。

落ち葉のじゅうたんに、体を潜り込ませるようにして遊んでいた。

コロ、体中に落ち葉をくっつけていて、かわいかった。

こういう時、何が何でも腰をフリフリさせようと躍起になっているコロとは、別犬だ。

桜のつぼみは、かなり大きく膨らんでいる。

次、コロと会う時はお花見ができるかもしれない。

コロ太郎、ただいま花嫁募集中。

よそおい　3月25日

『日本のおしゃれ 七十二候』（WAVE出版）に、帯の言葉を書かせていただきました。

著者は、着物コーディネーターの上野淳美さん。

上野さんには、『喋々喃々』を執筆する際に、着物のことを教えていただいたのだった。

彼女は、札幌で「oteshio」というギャラリーを営まれている。


帯にも書かせていただいたけれど、もう、ページをめくるたびに、うっとり。

たとえば、今なら、春分の次候で、「桜始開（さくらはじめてひらく）」。

この時期のコーディネートとして、銀鼠《ぎんねず》色の江戸小紋に、唐子《からこ》と桜の帯を合わせている。

どの組み合わせも、本当に見事。

ページをめくっているだけで、なんだか豊かな気持ちに包まれるのだ。

以前は定期的にお茶を習っていたけれど、最近はすっかりご無沙汰になってしまった。

でも、また何か和のお稽古事を始めたい。

せっかく日本人に生まれたのだから、着物に袖を通す喜びを味わわないともったいないかも。


そういえば、インドに行って感動したのが、女性が着ているサリーの美しさだった。

強い太陽の下に、鮮やかな色彩のサリーが映えていた。

ピンクに緑とか、ブルーに黄色とか、自分だったら決して合わせないような色使いを、見事に着こなしている。

でも、よく考えると日本の着物だってそうなのだ。

洋服ではありえないような色の組み合わせが、着物ではピタッとはまったりする。

私がもっとも気になったのは、ムガシルクの帯。

ムガシルクは、アッサム地方にいる野生の蚕《かいこ》の糸を手紡ぎした絹糸で、ゴールデンシルクともよばれているもの。

それと、最後、「大寒」の末候、「鶏始乳（にわとりはじめて乳す）」で紹介されている、屑繭《くずまゆ》で織った紬《つむぎ》と、「ザックリ」という布で仕立てた名古屋帯。

ザックリというのは、私も初めて知ったのだけど、麻や木綿など普段着の布を作る時、糸屑を集めて作った始末の布のことだという。

屑も、ゴミとして捨てずに最後まで使い切る、日本人の細やかな精神が表れていて、素晴らしいと思った。

いつか、手に入れることができますように！

着物熱が、また復活しそうな予感。

リアル双六

4月2日

まさに激動の1週間だった。

まず、先週の水曜日から、ららちゃんと2泊3日で軽井沢へ。

女ふたり旅。

まだ残っている雪でソリをして遊んだり、ムササビの飛翔を観察したり、お土産のフキノトウを摘んだり。

帰りはミナペルホネンの展示会へ。

土曜日は、フィギュアスケート。

お昼の12時半からアイスダンス、夕方小一時間のお休みをはさんで、夜は女子のフリーを観戦した。

しかも、プレミア席で、なんと前から2列目だった。

選手たちの息遣いや、スケーティングの音までが、手に取るように伝わってくる。

途中で寝ちゃうんじゃないかという心配は、すぐに吹き飛んだ。

女子のフリーを見たくて行ったけれど、アイスダンスもすごーくよかった。

優雅だし、衣装も洒落ていて、一瞬たりとも目が離せない。

何時間も同じ席に座っているのに、ちっとも飽きなかった。

でも、やっぱりなんと言っても真央ちゃんのジャンプに感動した。

何度失敗しても挑戦し続け、ついに決めたトリプルアクセル。

本当に、人生を一瞬のジャンプにかけて飛んでいるのだ。

成功した時は、思わず泣きそうだった。

演技終了後、これでもかというくらいリンクへと投げ込まれる花やぬいぐるみ。

あの独特な空気感は、やっぱり生で見ないと味わえない。

まるで、心地のよい夢を見ていたかのような、あっという間の一日だった。

そして、日曜日は家で休み、月曜日から今度は取材で長崎へ。

昨日は仕事が終わってから、軍艦島に行ってきた。

あんな小さな島に、5000人もの人が住んでいたのだ。

大正時代に作られたという、日本初の高層アパートには、屋上菜園や水田も作ったという。

日本の繁栄を支えた場所なのに、今はすっかり廃墟になっていた。

夜は、ホテルのそばにある居酒屋さんにひとりで行ってみたのだけど、そこがまた素晴らしく。

長崎のお魚は、本当においしい。

お刺し身も、サヨリの丸干しもすべてがおいしかったけど、最後の〆の鯛めしがブラボー！！！！

あんなに見事な鯛めし、食べたことがない。

思案橋にある、「御飯」ってお店です。

でもって今日の朝は、パン屋さんに行ってカプチーノを飲みながらイチジクのパンをいただき、その後平和記念公園に行って、爆心地に足を運び、平和記念資料館にも行ってきた。

なんてむごたらしいことかと、怒りと虚しさでいっぱいになった。

夕方、帰宅。

家に帰ったら、ペンギンが新しい花を活けてくれていた。

茎が弱くて、折れてしまったらしく、爪楊枝とマスキングテープでギプスを作ってあげたという。

花瓶とマスキングテープの色が合っていて、なかなかきれいだ。

今夜は、長崎で買ってきたチャンポン揚げ（さつま揚げの中に、チャンポンの具が混ぜてある）と、キビナゴの唐揚げ。

まるで、双六《すごろく》でゴールをした気分だ。

明日から、せっせと原稿を書かなくちゃ！

キュン、キュン、キュン

4月6日

先週は忙しくて会えなかったので、2週間ぶりに週末をコロと過ごした。
会うたびに大きくなっているように感じるのは、気のせいかしら？
相変わらず、モシャモシャのコロ。
最近コロが覚えた芸が、キュン、キュン、キュン。
唯一できる芸かもしれない。
後ろ足だけで立ち上がり、両手を揃えてキュン、キュンする。
しかも、右、左、右と交互に動かす。
もとは、一緒に暮らしているモネちゃんの得意技だった。
それを、コロも真似して覚えたのかもしれない。
キュン、キュン、キュン、はコロがおねだりする時に登場する。

私とペンギンが食卓でゴハンを食べていると、自分にもちょうだいと、キュン、キュン、キュン。

これをやるともらえるとわかっているので、しきりにアピールしてくる。

無視していると、相手の視界に入るように場所を移動して、キュン、キュン、キュン。

私からはもらえないとわかると、今度はペンギンの方でキュン、キュン、キュン。

気づかないふりをしていると、最初に前足で膝の辺りにぶつかって合図を送ってから、始める。

しかも、最初は軽く触れるだけなのに、回を増すごとに、強い力でドスンとぶつかってくるようになる。

こうなったらもう、コロは必死。


今では、10秒くらいずっと立ったままでキュン、キュンしている。

この一発芸で、サーカスの団員になれそうだ。

それでも無視すると、最後は怖い声で吠えるんだけど。

散歩に連れて行って欲しい時も、キュン、キュン、キュン。

そして、外に行って気に入った犬に会っても、同じように立ち上がって、キュン、キュン、キュン。

オスとかメスは、関係ない。

人に対してもやるので、そのたびにみんなから、「かわいい～」と褒められている。

コロは、人も犬も、大好きだ。

以前は、吠えることで相手に伝えていたことを、キュン、キュン、キュンで表現するようになったのかもしれない。

成長したなぁ、コロ。

はじめの頃は、私がトイレに行くたびに大騒ぎしてついてきたけど、今は、ちゃんとわかってきたのか、いちいち騒がなくなった。

大人になったのだと思う。

最近のコロは、だいぶ分別がつくようになってきた。

前は、子犬だからかわいいのだと思っていたけれど、私はむしろ、大人になったコロの方により深い愛情を感じる。

信頼関係が生まれ、お互いに相手のことがわかると、より深く付き合えるようになる。

犬と暮らすって、なんて幸せなんだろう。

だけど、コロと知り合うまでは全く気にしなかったけれど、日本は、犬に関してはまだまだだ。

犬先進国のドイツは、電車でもバスでも犬も普通に乗れるし、レストランもカフェも犬と一緒に入ることができる。

それに較べると日本は、犬と一緒に行けるところが、なかなかない。

本当は、コロともっといろんなところに行きたいし、たまには一緒に外食だってしたいのに。

ドイツの、殺処分ゼロということだって、もっともっと見習わなきゃいけない。

今日は、コロと遊びながら、うぐいすパンを焼いてみた。

中に入れたのは、山形の銘菓、ふうき豆。

そういえば、今朝コロと散歩していたら、ウグイスの声がしたっけ。

桜、そろそろ散り始めている。

仕返しッコ

4月14日

先週も、金曜日からコロがお泊り。

発情期は、だいぶおさまってきたかもしれない。

はじめの頃は、家の中でオシッコをしていたコロ。

シートがあるのになかなか覚えず、大変だった。

でも、ここ数ヶ月は、明け方に一度起き出してシートに行き、シャーッと大量にするのが定番だった。

シート以外のところではほとんどせず、あとはお散歩に行った時にやる感じだった。

コロは、お外大好き、お散歩大好きだから、トイレも外でするのが好きみたいだ。

だから、オシッコ問題は完全に解決したと思っていた。

なのに、今回は3日間で4回も家の中に水たまりを作ったコロ。

1度目は、コロを居間に残してドアを閉め、廊下を掃除している時。自分も部屋から出たい出たいと騒いでいたけれど、無視していたら、ドアの入り口に立派な水たまりができていた。

2度目も、同じようなパターンで、私がお風呂に入っている時。お風呂から出たら、またもや水たまりができていた。

反抗期というか、抗議行動というか。

しかも、自分はちゃんとわかってますよー、とでも言いたげに、私が水たまりを拭いているその目の前をすました顔で横切って、ちゃんとシートの上で片足を上げてオシッコをしている。

なんだか悔しかった。

犬が自己主張するのに、吠えるとか嚙むとか物を壊すとか、いろいろ他にも方法があるのに、コロは相手の一番嫌がることをわかった上で、わざとやっているみたいだ。

なんだか、心のうちを見透かされているような気分になる。

そして、あとの2回は、じゅうたん、そしてお布団だった。

今まで、どっちにもしたことがないのに。

そこは、聖域だと思っていたのに、甘かった。

コロをお風呂に入れて体を洗い、大慌てでドライヤーを使ってモシャモシャの毛を乾かした後、ペンギンのお布団の上でぐるぐる騒ぎ回った挙句に、粗相した。

コロのおでこに私のおでこをくっつけて、怒っているんだぞ！　と精一杯アピールしてみる。

最初は反省しているような顔をして大人《おとな》しく聞いているけれど、そのうちにコロは私の鼻の辺りをペロペロと舐め出すから、怒る気も失せてしまった。

でも、どうして急にそんなことをしたのだろう？

最近、ペンギンがコロの歩行訓練をしているから、その腹いせ？

それとも、お風呂上がりのドライヤーが嫌だったとか？

はたまた、その日の夜、コロちゃんママとコロちゃんネネがうちにゴハンを食べに来ていたから、自分も一緒におうちに帰りたかったのかな？

もしくは、発情期が終わった後の赤ちゃん返り？？

いろいろ理由を考えてしまった。

コロのことだから、きっと何か訳があるに違いないと思うのだ。

日々むくむくと大きくなる印象のコロだけど、この間お風呂でシャンプーした時、あまりの小ささにびっくりした。

印象としては、きゅーっと縮んで半分になる感じ。

頼りなくて、情けなくて、ヨタヨタしちゃって、全くの別犬になっていた。

あまりの変貌ぶりがおかしくて写真を撮りたかったけど、憐《あわ》れな気持ちになり、早く体を拭いてあげないとどうにかなってしまいそうで、そんな余裕などなかった。

際限なく大きくなっていると思っていたけど、実は、ただ着膨れしているだけなのかもしれない。


全身がずぶ濡れのコロは、毛をかられた後の羊みたいでかわいかったな。

オシッコで仕返しするって、なんだかすごく感じが悪いけど、かわいいから許してしまう。

最近のペンギンは、コロに対してすっかり好々爺《こうこうや》だ。

昨日は、自分の留守中にコロを返されたと、拗《す》ねていた。


週末は、宮崎から届いた日向夏《ひゅうがなつ》でジュレを作った。

ニホンミツバチの蜂蜜で甘みをつけて、ぎりぎりの緩さのゼリーで固めたもの。

バニラビーンズとシナモンで風味をつけ、シャンパンのリキュールを隠し味に入れたら異国情緒のあふれる味になった。

コロちゃんママ&ネネにも、大好評だった。

お餅は2回も焦がすし、せっかくハマグリでだしをとって用意しておいた茶碗蒸しも、蒸し器に入れる直前にひっくり返すなどさんざんだったけど、この日向夏のジュレは、まぁなんとか合格点の味だった。

やっぱり、初めてのお客様に料理を作るのって、すごく難しい。

コロには、お豆腐とお揚げ入りの菜の花リゾットを作ってあげた。

じーっ、と　4月21日

ドアの一部からこちらを覗いているコロ。

私やペンギンが家を出ようとすると、必ずドアにへばりついて、騒ぐことなく、ただただじーっと見つめている。

近頃のペンギンは、コロへの愛情がうなぎのぼりだ。

散歩の行き帰りにコロの家の前を通っては、今日は会えた、とか会えなかったと、わざわざＬＩＮＥで報告してくる。

春になって暖かくなったから、窓が開け放たれているので、コロや他の犬たちが、先生のお宅のお庭で遊んでいるのだ。

会えると、フェンス越しにお互い顔を近づけて、チュウチュウしてくるという。

というような話を、一昨日知り合いに話したら、「それって知らない人が見たら、危ない人だと思われて通報されますよ！」と突っ込まれていた。

私も、そう思う。

そのうち、犬に対するストーカーとして、世間を賑わしてしまうかもしれない。

愛情も、一方的に行き過ぎるとストーカーになってしまう。

週末はなるべくコロと過ごしたいのであまり予定を入れないようにしているけれど、唯一の例外は、月1回の銀座通いだ。

銀座に一軒、大好きなお料理屋さんがあるので、そこに私も、ストーカーのように通いつめている。

まさに、「自分もこういう料理を作りたい！」という理想の味なのだ。

大胆であり、繊細であり。

おおらかでありながらも、味は「ここしかない！」という点で、ビシッと決める。

食材は常に先取りで、この間は稚鮎《ちあゆ》の唐揚げを出してくださった。

気を使って、毎回違うメニューを組んでくださる。

何よりも、女将《おかみ》の気風《きっぷ》の良さが最高なのだ。

おいしいものを、おいしく食べてもらいたい。その一心だけで、どんなに大変なこともさらりとやってしまう。

プロって、こういう人なんだなぁ、と毎回ノックアウトされて帰ってくる。
厨房にへばりついて、私もコロみたいに、じーっ、と見ていたいのだけど。

先日のメニューはこんな感じ。
ホタルイカとトマトのバジルソース和え
稚鮎の唐揚げ
新玉ねぎとアサリのスープ
北海道のボタンエビをそのまま刺し身で
長崎のカツオ
福岡産の筍と、蕗、干ししいたけの炊き合わせ
シマアジの塩焼き
ランプ肉のステーキと熊本産アスパラガスのソテー
筍とうすい豆、貝柱の炊き込みご飯
きゅうり、うるい、人参のお新香
最後は、デザートのスイカだった。
ごちそうさまでした！

大変身！

4月26日

今日は朝から大忙しだ。

朝9時半、あらかじめコロのお弁当を作って、ペンギンも一緒にみんなで家を出る。

目的地は、動物病院。

川沿いの道をてくてく歩いて、途中コロにご飯を食べさせ、小一時間歩く。

コロの毛はゴミを吸い取る性質らしく、コロが歩いた後はきれいになるけど、コロの体はみるみる汚くなる。

案の定、桜の木の下を歩いたら、体中に落ちた花の残骸をくっつけていた。

モシャモシャヘアーがトレードマークのコロだけど、だんだん気温も上がって暑そうにしている。

それを解消すべく、今日は動物病院でトリミングをしてもらうのだ。

途中、シーズーを連れたお年寄りのご夫婦にお会いし、立ち話になる。

その子は、すっかり短く毛を刈っていた。

「サマーカット」とのこと。

サマーカット、最初はかなり抵抗があって及び腰だったのだけど、その子は結構似合っていた。

やっぱり、あれくらいの方がコロも涼しくていいのかなー、なんてペンギンも言っている。

とにかく、見た目よりも、いちばんはコロにとって快適であることを優先しよう。

トリミングも初めてなら、動物病院に入るのも初めてだった。

最初に、軽く先生に診察してもらう。

体重は、4・5キロで、以前わが家の体重計で測った時と変わりなし。

コロは、トイプードルとシーズーのミックスだけど、見た目はシーズーに近い。

先生曰《いわ》く、シーズーは中国の砂漠の乾燥地帯にいる犬なので、湿気や高温には弱いとのこと。

これから日本はますます暑くなって、湿度も高くなる。

だからやっぱり、先生からもサマーカットを勧められた。

ということで、コロもサマーカット犬の仲間入りをすることになった。

コロのトリミングの間、隣の駅まで天丼を食べに行き、それでも時間が余ったのでいったん家に帰って連絡を待つことに。

でも、どんどん不安になってきた。

トリミングをしたら全然違う犬になったという話はよく聞くし、第一モシャモシャはコロのトレードマークなので、それを奪ってしまったらどうなってしまうのだろう、とか。

考え出すと切りがない。

しかも、コロママ（針の先生）にはお任せしますとおっしゃっていただいたけれど、もし大失敗になったら、あまりにも申し訳ない。

今更やめてとも言えないし、とにかくトリミングが成功するよう、ひたすら無事を祈るしかなかった。

3時間後、今度はペンギンとバスに乗って迎えに行く。

病院につく前に、「どんな結果になっても、コロはコロなんだから、受け入れようね」とペンギンと確認しあった。

そして、トリマーさんに連れられ、コロが登場する。

ゆっくりと目を開けると、「まぁ！」思わず、歓声がこぼれた。

モシャモシャコロもかわいかったけど、サマーカットされたニューコロも、なかなかかいい感じ。

びっくりした。

洗練されたというか、貴公子コロに大変身だ。

パリの街角を、マダムに連れられ優雅に歩いていそうな感じの犬になっている。

病院を出て歩いていたら、「かわいい〜」と道行く人たちに賞賛されるほど。

トリマーさん、お見事！

犬って、ヘアースタイルによって本当に印象が変わる。

どんなに元が良くても、伸び放題だと残念な結果になるし、逆もありえるから面白い。

大木凡人とか、モップ犬とか、ダスキンとか、さんざん悪口言ってゴメンね。

大変身に、脱帽です。

イメチェンしたら、なんだか性格まで変わったように感じるから、不思議。

Family

4月29日

先週、『チョコレートドーナツ』を見に行ってきた。

1970年代、アメリカに暮らすゲイのカップルが、産みの母によって育児放棄されたダウン症の少年を引き取り、家族になろうとする内容だ。

これは、ブルックリンで実際にあったお話をもとに作られている。

今でこそ、欧米では、同性愛者でも結婚できたり、養子を迎えて家族として暮らすことができるようになったけれど、たった40年前までは、アメリカでも、偏見がうずまき、同性愛者が「ふつうに」生きることは、限りなく難しかった。

けれど、こういうことをいくつもいくつも乗り越え、チャレンジし、少しずつだけど世の中を変えて、今の姿がある。

映画は、本当に心にしみるようないい作品だった。

今、私が『小説すばる』で連載中の『にじいろガーデン』も、女の人同士のカップルが、ひとつ屋根の下、自分達の子どもを育てながら家族になっていくというお話だ。

来月発売される号で、最終回になり、その後、単行本へ向けて作業をする。

自分の作品なのに、これほど泣きながら書いた作品は初めてだった。

自分で書いているのだから内容もストーリーもわかっているのに、それでも泣いてしまう。

それほど、ハードな作品になった。

『チョコレートドーナツ』を見ても感じたけれど、家族というのは、決して、与えられるものではないと思う。

ましてや、一方的に押し付けられるものでもない。

それよりも、自らの足で探し、手を伸ばして抱き寄せ、そこから関係性を築いていくのが家族なんじゃないかと、思うのだ。

後から振り返れば、小説を書くことでずっと「家族」というものに向き合ってきたような気がするけれど、『にじいろガーデン』の家族のあり方が、私にとってはひとつの理想かもしれない。

だから、心の中は、今すごく晴れ晴れしている。

日曜日の夜は、RADWINPS のライブを見に行ってきた。

ライブに足を運ぶたびに思うけれど、10代、20代で RAD の音楽に出会うか出会えないかで、人生がずいぶん違うような気がする。

だから、会場に詰めかけた多くの若者たちは、本当にラッキーなんじゃないかな。

自分達は、聞く人達がファンであることを誇りに思えるような作品を作り続けたい。

もしも、あれ、ちょっと違うかな？　と感じたら、遠慮なく聞くのをやめてくれていい、というようなことを洋次郎君が話していたけれど、その言葉は本当にあっぱれだ。

なぜだか RAD のライブに行くと、私は自分の作品のことや立ち位置、向き合い方について、深く考えてしまう。

アンコールの前の最後に歌った「針と棘」、最高だった。

そして私は今日これから羽田に行って、スイスへ。

ジュネーブで開かれる Salon de Livre（ジュネーブブックフェア）に招待され、2週間ほど東京を離れる。

ジュネーブの会場とパリの本屋さんでも、サイン会をすることになっている。

ひとまず今日は、ミュンヘンを目指す。

今回も、留守番ペンギンのために、また大量のひじきを作った。

ドイツの空気

4月30日

せっかくヨーロッパに来ているのにドイツに寄れないのはあまりに悲しいから、ミュンヘンに一泊した。

夕方着いて、次の日の朝にはまた空港に行かなくちゃいけない。

実質半日もいられないけど、それでもやっぱりドイツの空気を吸いたい。

そういえば、はじめてベルリンに来たのも、ちょうど同じ時期だったっけ。

ベルリンから較べると、ミュンヘンの方が明るい気がする。

建物も整然として、まさにドイツ。

ドイツの他の都市に行くと、いかにベルリンが特殊な町かよくわかる。

ミュンヘンといえばビールなので、マリエン広場のそばにあるレストランに入って、バイエルン地方のビールを頼んだ。

あとは、白アスパラガスのスープに、ソーセージ。

プレッツェルも、しっかりと塩が利いていておいしかった。

ただ、どうも赤いＴシャツを着ている人やタオルを首に巻いた人を大勢見かけると思ったら、地元チームのＦＣバイエルンとスペインの強豪レアルマドリッドとのヨーロッパ選手権の試合があるらしいのだ。

それで、ビール片手に地元のチームを応援しようと、みんな、続々と広場に集まってきていたのだ。

ものすごい盛り上がりだった。

私もテレビで見たかったけど、さすがに時間が時間なので断念。

ホテルの1階にあるバーでも中継をやっていてうるさかったけれど、気づいたら寝てしまっていた。

明日は、ミュンヘンからジュネーブへ。

初のスイスだ。

気分はすでに「ハイジ」になっている。

はじめてのスイス

5月1日

ミュンヘンからジュネーブへ。
昨日の試合は、惨敗だったらしい。
タクシーの運転手さんが、バイエルンは寝ていた、と嘆いていた。
ジュネーブまでは、飛行機で一時間ちょっと。
空から見たレマン湖が美しかった。
ジュネーブの空は、曇り。
午後は車で、ジュネーブの街を案内していただく。
美しく整った街。
ドイツっぽいきちんと感と、フランスっぽい柔らかさが、見事に混ざりあっている。
それにしても、走っているのは、どれも高級車ばかりだ。

ジュネーブでは、お金がなかったら生きていけない。

物価は、ゾッとするほど高く、ふつうに軽くランチを食べるので３０００円くらいかかる。

マックの一番高いメニューは、２０００円くらいするとか。

素敵な街だけど、私は住めないな。

夏になると、アラブの王様がこぞって避暑にいらっしゃるそうだ。

ただ、ジュネーブ市内にある、カルージュという地区は素朴で好きだった。

ピエモンテ様式による古い北イタリアの建物が残されていて、小さな個人商店が残っている。

アーティストも多く住んでいるのか、ギャラリーを覗いたりするのが楽しかった。

夜は、フランス語版を出してくださっているピキエ社の社長と、広報を担当してくださっている女性、フランス語版を翻訳してくださったダルトアさん、それに今回一緒に日本から招待された平野啓一郎さん、ポプラ社の吉田さんとビストロで会食。

今回はパリまで、吉田さんが同行してくださるので、安心だ。

フランス人による、フォワグラ談義が面白かった。

念願の、スイス産白ワインも、アスパラガスも制覇できたし。

今、ヨーロッパはどこもかしこもアスパラガス祭りだ。

多分こっちの人にとってのアスパラガスは、日本人にとっての筍のようなものかもしれない。

代理出産

5月2日

いよいよ、ブックフェアの会場へ。

今日は、午後にダルトアさんとの対談が予定されている。

内容は、『食堂かたつむり』について。

私にとって、他の言語に翻訳された作品は、代理出産してもらったようなもの。

確かに私のＤＮＡが受け継がれているけれど、おなかの中で作品を育むのは翻訳者であり、産みの苦しみを味わうのもまた翻訳者だ。

フランス語版で言えば、ダルトアさんが代理母になる。

インドで親しくなったカトリーヌが、対談を聞きにきてくれた。

大好きなカトリーヌ。

彼女は、ジュネーブから車で一時間くらいのローザンヌ近郊の村に住んでいる。

その後のサイン会は、自分でも驚くほど盛況だった。

スイスの読者に会えるのは、心からうれしい。

物語が、言葉の壁を越えてダイレクトに伝わっているのを実感した。

きっと、ダルトアさんが素晴らしい訳をしてくださったのだろう。

幸せな時間だった。

ちなみにこの時の様子をNHKのパリ支局の方が取材にいらしていて、翌日の「おはよう日本」という番組内で紹介されたみたい。


夜は、カルージュにあるレストランで、岡田大使ご夫妻と会食。

ものすごーく美味しかった。

目にも美しく、味も洗練されていて、お店の雰囲気もよく、パーフェクト。

なんていうお店だったのだろう。

カードをもらってくればよかった。

ホテルに戻る頃には、すっかり12時を過ぎていた。

チーズフォンデュ

5月3日

今日は、関口涼子さんと対談。

関口さんは長くパリに住まわれていて、日本のマンガをフランス語に翻訳したり、またフランス語で書かれた作品を日本語に訳したりと、翻訳のお仕事をされている。

午後は、チーズで有名なグリュイエールまで連れて行っていただいた。

片道1時間半ほどの小旅行。

小高い丘の上に、中世の町並みがそのまま残されていてすごく素敵。

気分はすっかりハイジだった。

お天気が悪くて靄《もや》がかかっていたけれど、それもまた牧場の雰囲気と合って素敵だった。

まだ古い家には人が住んでいて、住人は１２０人ほどだという。

村の中心にあるレストランでランチを食べる。

スイスといえば、チーズフォンデュだ。

実のところ、それほどチーズが得意ではないのだけど、スイスに来たなら一度は食べないと。

こちらの人は、すごい量をぺろりと食べてしまうのだけど、私は無理なので、2人前をとって4人でいただく。

パンにつけて食べるのと、小ぶりなジャガイモにつけて食べるのと2種類だった。

スイス人にとって、チーズフォンデュは男の人が作る料理で、特別なものらしい。

寒い季節の週末、ちょっとのんびりしたい時などに食べることが多いとか。

日本でいう、鍋みたいな感じかもしれない。

私は、ジャガイモに半分くらいチーズをつけて食べるのが好きだった。

でもこちらの人は、鍋の底の方からかき混ぜて、たっぷりとチーズをからめて食べている。

そうそう、チーズフォンデュを食べる時は、水を飲んではいけないらしい。

水を飲んでしまうと、おなかの中でチーズが固まってしまい、消化できなくなるらしいのだ。

一緒に白ワインか紅茶を飲みながら食べるのが良いとのこと。

確かに、どすんと、大きなゴムの固まりがおなかに入ったようだった。

おなかは苦しかったけど、デザートもいただく。

この地方の名物デザートで、イチゴやラズベリー、ブルーベリーに、濃厚なダブルクリームをかけて食べるもの。

クリームには甘みがついていないので、一緒に添えられてる甘いメレンゲを崩し、混ぜて食べる。

正式には、メレンゲの上にクリームをかけてから崩し、それを果物に混ぜるのだとか。

とても幸せな味だった。

おなかいっぱいになった後は、グリュイエール城へ。

とっても素朴な中世のお城で、きちんと管理されているので気持ちがいい。

そこで、コローの名前を発見。

正式には、ジャン=バティスト・カミーユ・コロー（Jean-Baptiste Camille Corot）で、犬のコロの名前の由来になっている19世紀の画家だ。

コローは、このお城に滞在し、壁に絵を描いたりしたという。

コローのサロンというお部屋だった。

夜は、日本ブースのレセプションだったけど、おなかがいっぱいで何も入らず。

それにしても、スイスにいるとチョコレートがどんどん増えていく。

グリュイエールにも一軒、とてもかわいいチョコレート屋さんがあったし、その帰りに寄っていただいた村にも、センスのいいチョコレート屋さんがあった。

日本における和菓子屋さんみたいな存在なのかしら？

行く先々でチョコレートを買ってしまうので、お土産のチョコレートがどんどん増えていく。

ローザンヌへ

5月4日

ジュネーブブックフェアの仕事は昨日で終了し、今日はローザンヌへ移動する。

ローザンヌは、同じくレマン湖沿いにある美しい街だ。

11時半に、カトリーヌとホテルで待ち合わせした。

インドのプールで出会った彼女と、2ヶ月後にまたスイスで会えるなんて、不思議な縁を感じずにはいられない。

あの時、82歳の彼女はインドにひとりで来ていた。

最初はなんてパワフルな女性なんだろうと思っていたけれど、突然彼女が泣き出して、ほんの2ヶ月前にご主人を亡くされたことを打ち明けてくれた。

それから数日間を、私はカトリーヌと共に過ごした。

カトリーヌにとってインドは、ご主人の死を受け入れるための辛い旅だった。

お互いに自分の国に帰ってからは、メールでやりとりしている。

彼女は毎回、自分で撮った美しい花の写真などを送ってくれた。

若い頃はシンガーをしていたというだけあって、カトリーヌは本物のアーティストだ。

彼女には年齢など存在せず、常に心の中には好奇心旺盛なマドモワゼルがいる。

カトリーヌは、私にとってソウルメイトかもしれない。

彼女が車で、自宅に案内してくれた。

家は、湖畔の小さな村にあり、崖一面が葡萄畑になっている。

もうすぐ、その地区全体が世界遺産に登録されるとのことだった。

ローズ色の壁がきれいな、素敵なおうち。

家の中には、ミュージシャンをしていたご主人が弾いていた楽器があちこちにあり、宝物ばかりを集めた博物館のようだった。

ピアノ以外にも、様々な地域の伝統的な楽器が山ほどある。

ご主人がいらした頃は、きっと毎日のように賑やかな音楽が響いていたのだろう。

窓からのお庭の眺めが素晴らしかった。

カトリーヌは、ランチを作ってもてなしてくれた。

庭の畑でとれたカボチャのスープには、行者ニンニクの花が添えられ、一緒にローストした種も浮かべてある。

サラダにも、たくさんの食べられる花がちりばめられていた。

メインは、レマン湖の白身魚を酢〆にしたもの。

デザートは、イチゴのアイスクリーム添え。

エスカルゴみたいじゃなくてごめんね、なんて言っていたけれど、私にとっては本当に特別なランチだった。


ご主人が亡くなってから初めてかけたという彼のアルバムを聞きながら、カトリーヌは泣いていた。

カトリーヌが涙を流すと、私も自動的に涙が出るようになっている。

それはまるで、ご主人が私の中に入ったみたいな感じになるのだ。

静かに泣きながら、私はカトリーヌの手料理を食べ続けた。

カトリーヌの家に行って、どれほど二人が愛し合っていたかを、私は以前よりも深く理解した。60年連れ添ったけれど、それでも短い、もっともっと一緒にいたかったとカトリーヌはインドで私に言っていた。

本当に、それが彼女の心の叫びなのだろう。

カトリーヌと家が隣だったら、もっとたくさん話をきいてあげられるのに。

あと何回彼女に会えるかわからないけれど、どちらかの命が尽きるまで、カトリーヌの心の友でいようと思った。


夜は、カトリーヌのゴッドサンと、その奥さんのユリコさんが、森の中にあるかわいらしいレストランに連れて行ってくださった。

ローザンヌの中心部から車で15分くらいなのに、本当に森の中に入っていく。

途中、小さな鹿がいた。

ここでも私は飽きずにアスパラガスのサラダを注文し、スイス産の白ワインを堪能する。

トゲの生えている葉っぱで作ったというスープがまた絶品だった。


食事を終えて、カトリーヌと腕を組みながら外に出たら、ほんの数秒間だけ、まるで私達を待っていたかのように雲間にうつくしい三日月が姿を現した。

彼女とお別れするのが辛かったけど、きっとまたすぐに会えることを信じている。

カトリーヌとスイスで過ごしたなんて、まるでぼんやりと夢を見ているような、とても贅沢で特別な一日だった。

パリへ

5月5日

スイスで過ごす初めての日曜日。

ベルリンで慣れているけれど、こちらもお店はほとんどがお休みになる。

だから、日曜日なので美術館へ。

まずはエルミタージュ美術館に行き、その後、アールブリュット美術館へとハシゴした。

ここは、世界で初めてのアールブリュットだけを集めた美術館で、現在は6万点にも及ぶ作品がコレクションされているという。

アールブリュットの作家は、精神を患っている人だったり、囚人だったり、親や社会から見捨てられた人たちだ。

そういう心の叫びが、そのまま作品に込められている。

ひとつひとつの作品のエネルギーが強いので、見終わったらヘトヘトだった。

その後はカテドラルに行って、旧市街をぶらぶら。

日本だったら書き入れ時の日曜日が、ヨーロッパでは本当に静かだ。

日本人からすると、日曜日にお店がどこもやっていないなんて不便かもしれないけれど、みんながいっせいにお休みをとれるので、私はこのシステム、とっても気に入っている。

サイン会 in FRANCE　5月6日

ローザンヌからパリへ、TGVで移動する。

約4時間の列車の旅。

ちょうどお昼時の移動だったせいか、飛行機みたいにランチが出た。

ちゃんと、ワインもサービスしてくれる。

車窓の風景が美しいせいか、ヨーロッパの列車の旅は、毎回あっという間に着いてしまう。

2年ぶりのパリ、新緑がきれいだ。


夕方、ピキエさんとダルトアさんがホテルまで迎えに来てくださって、サイン会の行われるポントワーヌに電車で向かう。

ポントワーヌは、パリのサンラザール駅から列車で40分ほどの小さな町。

サイン会の予定は夜の8時半からなので、その前に町の食堂に行って、みんなでご飯を食べる。

日本だったら、サイン会の前にお酒を飲むなんて考えられないけれど、ここはフランス。

私も、白ワインをいただいた。

場所は、教会の近くにある小さな本屋さんだった。

そこに、近所の方たちが集まってくださっていた。

日本でサイン会というとただサインをするだけだけれど、どうやらフランス流のサイン会は少し違うらしい、ということに、会が始まってから気がついた。

会を進めるのは書店を営んでいるマダムで、ざっとあらすじを説明したり、感想を話したり、朗読したりする。

時々、私にも質問が飛んできた。

終始なごやかな雰囲気で、フランスの人に日本のぬか床を説明したり、面白かった。

おそらく私が思うに、ぬか床は、フランスのピクルスというよりは、パンを作る時の天然酵母に近い存在なんじゃないかと思う。

私は、フランス語版の産みの苦しみを味わっていないから、なんとなく我が子でありながらも、それはもう翻訳者のダルトアさんの子でいいんじゃないかと感じていたけれど、直接フランスの読者の方にお目にかかって感想を聞いたりするうちに、フランス語版も、日本語で自分が書いた作品と同じように、ちゃんと私の顔をしているのだと肌で感じることができた。

はるばる長い旅をしてきた我が子に異国の地で再会したような気分だ。

ダルトアさんの素晴らしい訳のおかげで、言葉の壁というものが、すっかり消えているようだった。

まさか、自分の本がフランス語に訳され、その読者と直接お目にかかることができるなんて！

お話の後は、本にサインして、また軽くお菓子などをつまみながら、ワインを飲んで。サイン会というより、ちょっとしたサロンという感じで、とてもリラックスできたし、贅沢な時間だった。

あー、幸せ。

本屋さんを出る頃には、すでに夜の11時。

帰りは、マダムがパリまで車で送ってくださった。

そうそう、マダムが飼っている犬が本屋さんの中をうろちょろしていて、時々吠えながら外に出て行ったり、かわいかった。

犬がいる本屋さんって、なんかいいかも。
夢見心地のサイン会だった。

クロト

5月7日

ロダン美術館で写真家・メープルソープの企画展をやっているというので行ってきた。

ロダン美術館を初めて訪れたのは、もう20年も昔のこと。

その頃はまだ改修する前だったので、古くて薄暗いお屋敷に作品が整然と並べられているという印象だった。

ロダンとメープルソープ、最初は「ん？」と感じたけれど、見てすぐに納得した。

ロダンの彫刻とメープルソープの写真を、比較するように並べて展示してあるのを見ると、確かに共通するものを感じる。

どちらも人間の肉体を徹底的に追求しているし、モノトーンの色彩もよく似ているのだ。

表現方法も生きた時代も違うけれど、同じ境地を目指して創作活動に励んでいたんじゃないかと思った。

メープルソープの作品集は家にあるけれど、やっぱりセルフポートレイトが一番よかった。あと、ひっそりと飾られていた猫の写真。

庭をはさんだ反対側には、晩年のロダンが住居兼アトリエとして暮らしていた邸宅があり、そこにはロダンの作品をはじめとする多くの彫刻が飾られている。

労働者階級の子どもとして生まれたロダンは、特別な美術教育を受けることなく、独学で彫刻の技術を身につけたそうだ。

装飾職人として働いていたものの、家族も満足に養うことができないほどに貧しかった。本格的に彫刻の作品を作り始めたのは、30代の半ばで、彫刻家として世間に認められるようになったのは、彼が40歳になるくらいから。

初期の頃の作品から年代順に見ていくと、作品がよりリアルに、逞《たくま》しくなるのがよくわかった。

最初の頃の作品は、ただ上から形を誠実になぞっただけという印象なのに、時間が経つにつれて、内側からエネルギーが押し上げられてくるというか、人間そのものがそこにいるような強い存在感を感じる。

生きることの喜びとか怒り、悲しみが、そこにぎゅっと凝縮されているようで、ただただ迫力に圧倒された。

絵画のデッサンをするように、手のひらに収まるくらいの粘土で作られた小さな作品がまた素晴らしかった。

これは、作品というより練習みたいなものかもしれない。

簡単に作っているように見えるのに、そこにもしっかり魂を感じる。

当たり前だけれど、努力して努力して努力して努力して、小さな修練を積み重ねた結果、後世にまで残る偉大な作品が生まれるのだ。

一点だけ、色違いの粘土などを組み合わせて作られた、パッチワークみたいな作品が展示されていたのだけど、それが意外で、好きだった。

土台には新聞紙のような紙も使われていて、こういう作品もあったのだという新たな発見だった。


ロダン美術館には多くの作品が展示されているけれど、今回もっとも印象に残ったのは、「クロト」という作品だ。

年老いた醜い老婆の彫刻で、一目見た瞬間から心が釘付けになって、離れられなくなった。

力強く、悲しく、けれど現実から目を背けていないような、強い意志を感じる。

ロダンにもこんな作品があったんだ、と最初は驚いたのだけど、その作品を作ったのは、ロダンではなく、なんと彼の弟子であり恋人でもあったカミーユ・クローデルだった。

カミーユ・クローデルがロダンと出会ったのは19歳の時で、ロダンは当時42歳。

ロダンが彼女の魅力に惹かれたと同時に、才能に嫉妬をしたのがよくわかる。

カミーユ・クローデルは、20代の頃、ロダンの子を身ごもるも、産むことができなかったという。

結局ロダンは妻ローズの元に戻ってしまい、カミーユ・クローデルは少しずつ精神をおかしくし、人生の後半はずっと精神病院で過ごすこととなる。

カミーユ・クローデルの作品が圧倒的に少ないのは、彼女が自ら自分の作品を破壊したからだった。

ロダンの作品はロダン美術館に6600点も収蔵されているのに、現存するカミーユ・クローデルの作品は、100点にも満たない。

ロダンは美しい邸宅で死ぬまで創作を続けることができたのに、一方のカミーユ・クローデルは家族に看取られることもなく、精神病院で生涯を終えた。

「クロト」は、晩年のカミーユ・クローデルの姿だったのかもしれない。

クロトというのは、ローマの死を司る神様とのこと。

ロダンが残したカミーユ・クローデルの彫刻は、若く美しい娘そのものだったのに……。

お庭がまた、美しかった。

ちょうど、色とりどりの薔薇《ばら》が咲いている。

規模が大きすぎず、小さすぎず、もしかすると、パリの美術館でいちばん好きかもしれない。

ベンチで本を読んだりカフェでお茶を楽しんだりすれば、一日だって過ごせそうな場所だ。

庭には、横になれるベンチが置いてあって、気持ちよさそうだった。

ロダン美術館でもっとも心に残ったのがロダンの作品ではないなんてちょっと皮肉だけれど、それくらい、カミーユ・クローデルはロダンを愛していたのだろう。

もう一回「クロト」を見たいので、日曜日、日本に帰る前に行ってみようと思っている。

そろそろ

5月8日

一足先に帰国する吉田さんをお見送りした後、リュクサンブール公園を散歩した。雨上がりで、空気が澄んでいる。

今泊まっているホテルは公園のすぐそばで、なんとペンギンと初めて一緒にパリに来て泊まったホテルだった。

私が帰国前に熱を出してしまい、ペンギンは右往左往して、バーに飛び込んで氷をもらってきてくれたっけ。

英語も通じず、とにかく身振り手振りで伝え、大変だったと話していた、その思い出のホテルだ。

私が選んだ訳ではなく、ピキエ社さんが提案してくれたのだから、なんという偶然だろう。

吉田さんがパリで過ごす最後の夜は、アレジアにあるビストロにも行くことができた。

以前、一度だけペンギンと行ったことがある。

評判を聞いて電話をしたら、夜の10時からだったら入れるというので、ドキドキしながら行ったのだ。

アレジアは、パリの中心からだと少し離れたところにあって、暗い夜道がちょっとだけ怖かった。

ただ、店の中は大賑わいだった。

お客さんは地元の人ばかりで、もちろんフランス語しか通じない。

メニューもわからないから、他の人が食べている料理を指でさして伝えたり、当てずっぽうに選んで頼んだり、めちゃくちゃだった。

隣のおじさんがワインを分けてくれたりして、本当に楽しい夜だった。

以来、パリに来るたびに予約の電話をするのだけど、いつもいっぱいで、それっきりになっていた。

今、当時のシェフは別のところに移って新しい店をひらき（こちらもまた大評判で、予約は6ヶ月前にしないといけないという）、アレジアの店は当時のセカンドシェフがそのまま引き継いでやっている。

シェフは変わったものの、最初にピクルスやパテがどんどん出されて好きなだけ自分でとって食べるスタイルや、ちょっとレトロな内装、ボリューム満点の料理、味もそのままだった。

やっぱり店はみるみる満席になり、外にまで行列ができている。

吉田さんがデザートに頼んだスフレの大きさには笑ってしまったけど。

すてきなすてきな夜だった。

でも、そろそろ恋しくなってきた。

うどん、蓮根、お豆腐、味噌汁、お風呂、そしてコロ。

よく考えると、このところずーっと、乳、乳、乳、乳、肉、肉、乳、肉、乳、みたいな食事をしている。

もう、一生分のフランス料理を食べたかもしれない。

しかも、今回はプライベートではないので、毎日予定があったり、人と会ったりしているから、旅がずいぶん長く感じる。

ミュンヘンで過ごした夜がかなり昔のような気になって、あの旅がまだ続いていると思うと、変な気分だ。

とりあえず、パリにはおいしいうどん屋さんがあるので、うどん屋さんに駆け込もう。

今だと一杯1500円くらいの高級うどんになっちゃうけど、スイスの、一杯3000円のラーメンに較べたらまだマシだ。

パリの物価が安く感じるんだから、スイスは一体どれだけ高かったか。

あったかい、カツオと昆布のお出汁《だし》が飲みたい。

そして、コロに会いたい。

以前はパリの犬ってなんてかわいいんだろうと思って見ていたけれど、今では、どんな犬を見ても、「コロの方がかわいいもん！」と思ってしまう。

雨の土曜日　5月10日

朝から雨。

ザーッと降って止む感じではなく、しとしとと長引きそうな降り方だった。

今回は、インドでも活躍した晴雨兼用の傘を持ってきている。

雨なので、メトロに乗ってポワラーヌへ。

お目当ては、アップルパイ。2・5ユーロだった。

まだほかほかと温かい。

適当なベンチが見つからないので、ボンマルシェのそばの児童公園の木陰で雨宿りしながら食べる。

いい歳《とし》した大人が立ち食いなんてはしたないけど、一刻も早くかじりつきたかったので、仕方がない。

サクサクのパイ生地の中に、とろりとしたりんごが包まれている。

特に何かが飛び抜けておいしいというのではないのだけれど、全体的にとてもシンプルな味で、毎日でも食べたくなる。

ボンマルシェでお土産を買い、サンシュルピス広場のカフェに入ってカフェオレを頼む。ちょうど雨が激しくなってきたので、いいタイミングだった。

今回は、角田房子さんの『味に想う』というエッセイ集と一緒に旅をしている。出発前、コロちゃんママこと針の先生が貸してくださったのだ。

ひとつずつが短いので、空港の待合室や列車の中、カフェなどで、ページをめくるのにちょうどいい。

しかも、書かれているのはヨーロッパの街で出会った味の記憶に関するものが多く、今回訪れたり、かつて行ったことのある街が次々と出てくるので、とても興味深い。

かなり昔に書かれた本だけれど、シンクロすることがたくさんあって、不思議な縁を感じる。

ヨーロッパの空気を感じながら読めたのが、最高だった。

1回読み終わり、今は2回目を読んでいる。

雨脚が弱まったので、再び外へ。

かつては、パリにあるものすべてが美しく、チャーミングに映ったけれど、それなりに失敗を重ねるうち、それほどショッピングに情熱を注がなくてよくなった。

日本の商品も、ずいぶんいいものが増えたし、洗練されている。

パリで評判の店は、だいたい日本にも出店しているし。

ちょこちょこと、小さくて質の高いものは見つけたけど、もうパリに来たからといって、血眼になって買い物をする私ではない。

雨で同じことを考える人が多いのか、ポンピドゥーセンターは、長蛇の列だった。

それでも、ブレッソン展は、見に行ってよかった。

ポンピドゥーセンターから歩いてヴォージュ広場へ。

7時に、パリ在住のちよさんと待ち合わせしている。

ちよさんと一緒にモロッコを旅したのは、3年前？

無事に会えてよかった。

広場のカフェで白ワインを飲み、その後イタリア広場にある安くて美味しい中華料理店へ。

中華は、世界中、どんな街にもあるからすごい。

店に入ったとたん、ホッとした。

海外で知らない日本食の店に入るのには勇気がいるけど、中華は、ある程度安心して入ることができる。

春雨スープが美味しかった。

帰り道、メトロに乗っていたら、日本語で「スリに気をつけましょう」というアナウンスが流れた。

同じ内容のことを、様々な言葉で繰り返している。

それが、パリの現実なのだろう。

パリのメトロにひとりで乗る時は、私もうんと意地悪そうな表情を浮かべ、人相を悪くしている。

そうしないと、すぐに狙われそうなので。

パリに暮らすのは、きっとものすごくストレスがたまるんじゃないかしら？

そんなことを考えながら、夜11時頃オデオンに着いたら、地上から賑やかな音楽が流れてきて、人だかりができていた。

ちょうどメトロの階段がある入り口付近で、トランペットやチューバなど管楽器だけの編成で、テンポのよい曲を演奏している。

それを取り囲んで、みんなが曲に合わせて踊っているのだ。

とても素敵な光景だった。

こういうパリは、いいなぁと思う。

だけど、やっぱり私の肌に合うのは、ベルリンだ。

いろいろなヨーロッパの街に足を運ぶと、ベルリンはヨーロッパのオアシスのように感じる。

あの、すっとぼけた感じは、パリなど他の街には見られない。

パリは、せっかく建物が美しいのに、足元が汚すぎませんか？

虹

5月11日

パリで過ごす最後の一日。

11時にホテルをチェックアウトし、外に出る。

あいにくの雨。

カルティエ財団美術館の30周年記念展を見に行くも、内容は「……」だった。

私が理解できていないだけの可能性は十分あるけど。

ビートたけしのふざけたお笑い番組を、フランス人たちが思いっきりまじめに見ている。

早々に切り上げ、そのまま歩いてラスパイユのマルシェに行った。

こちらの方が断然面白い。

出ているお店も、その並び方までが2年前と一緒。

卵を載せて焼いた、甘くないそば粉のクレープを食べる。

本当は、旬の白アスパラガスを買って、日本に持ち帰りたいところだけど。

とにかく寒かった。

ザーッと激しく雨が降ったかと思うと青空になり、また空が灰色に曇って雨が降る。

風も冷たくて、ずっと外にいると風邪をひきそうだ。

お天気がよければ公園で読書するのもいいと思っていたけど、あまりに寒いので、予定を切り上げ、ロダン美術館を再訪する。

この間は行けなかったので、カフェに行ってカフェオレとマカロンを注文し、たっぷりと読書に明け暮れた。

原田マハさんの、『楽園のカンヴァス』を読む。

そのあいだも、雨が降ったり止んだりの不思議なお天気だった。

途中、ほんの少しシエスタ。

それからまた、ロダンの彫刻などを見に行った。

前回気になった作品を、もう一度じっくり見る。

制作の途中経過なのかなんなのかわからないけれど、この作品が逆に今っぽくて新鮮だった。

それから5時をすぎるまで、ずっとカミーユ・クローデルの作品が展示されている部屋にいた。

目の前にクロトがあるなんて、なんて贅沢な時間の過ごし方だろう。

見れば見るほどに味わい深く、どんどん心が吸い寄せられていく。

この作品が壊されることがなくてよかった。

晴れ間を見計らって外に出て、お庭を散策する。

やっぱり、飛び抜けて気持ちのいい美術館だ。

グイグイと後ろ髪を引かれながら、ロダン美術館を後にした。

最寄り駅のオデオンに戻って、軽く食事をとる。

飛行機の離陸は、夜の9時。

パリ最後の食事は、立ち飲みのワインバーで、小イカのフリットと微発泡の白ワイン、お豆のスープを頼む。

最後、時間がなくて急いでお勘定を頼んだら、残っていたスープを持ち帰りにしてくれた。

しかも、新たにパンまで切って、フランス人とは思えないほどの丁寧さでラップに包んでくれる。

もちろん、スプーンもつけてくれた。

シャルル・ド・ゴール空港に向かうタクシーの中から、いくつもの虹が見えた。
二重にかかっていたり、ものすごく強い色彩だったり。
ミュンヘンから始まった今回の旅は、ふだんでは味わえない、特別な時間だった。
そして私は今、シャルル・ド・ゴール空港にいる。
明日の夕方には帰国の予定。
日本に帰ったら、まず最初に爪を切ろう。

今回行った美術館
杉本博司展@パレドドーキョー
メープルソープ展@ロダン美術館
メープルソープ展@グランパレ
インディアン展@ケ・ブランリ美術館
ブレッソン展@ポンピドゥーセンター
カルティエ財団美術館

レストラン

TOYO
レギャラード
フィッシュ
国虎屋（うどん）
コンポントワール（立ち飲み）

観光

バトームッシュのセーヌ川遊覧
イエナのマルシェ
ラスパイユのマルシェ

幻のライヨール

5月16日

今回、旅の記念に何かを買おうと思って、ずっと欲しかったライヨールのペーパーナイフに狙いを定めた。

19世紀初頭から、フランス南西部にある小さなライヨール村で作られているライヨールのナイフ。

今でも、職人さんが一本一本責任を持って手作りしている。

パリのいいレストランに行くと、たいていライヨールのバターナイフが出てくる。

持ち手の部分が太く、テーブルに立てて置けるのが便利なのだ。

ナイフを集める趣味はないけれど、ペーパーナイフは好きで、コレクションしている。

そんな中で、ライヨールは憧れ中の憧れのペーパーナイフだ。

パリにライヨールの専門店があると知り、地図を片手にその店を訪ねたのは、ちょうど一週間前のこと。

パリの8区、マドレーヌ寺院のそばにあるその店は、思ったよりも小さかったけど、そこにはライヨールの製品ばかりが並んでいた。

どれも素敵で目移りしてしまいそうだったけど、初心を貫き、ペーパーナイフを。

切れ味を確かめてから、一本を自分用に、もう一本は、今回の旅にお付き合いくださった吉田さんへのプレゼント用に購入した。

ずっと憧れていたライヨールのペーパーナイフを自分の物にした喜びと言ったら、もう！！！

嬉しくて嬉しくて、セーヌ川にかかる橋の上をスキップして飛び跳ねたいほどだった。

そして、帰国の日。

一応、額も額なので免税手続きをしようと、空港に持って行った。

最初に搭乗手続きを済ませてから、下の階にある免税カウンターに向かう。

昔と較べると、手続きはだいぶ簡単になった。

一応現物を持って行くルールにはなっているけれど、私の場合は現物を見せなくてもすぐにハンコを押してもらえて、そのレシートのようなものをポストに投函するだけで手続き終了。

とっても楽チンだった。

搭乗までは小一時間あったので、ラウンジで本など読みながら過ごし、10分前くらいに搭乗口へ向かった。

すべてが順調で、何一つ嫌な思いをせず、あとは飛行機に乗るだけだった。

だから、まさかあんなことになるとは、これっぽっちも思っていなかったのだ。

シャルル・ド・ゴール空港は、搭乗口の真ん前に手荷物検査がある。

以前はそうではなかったような気がするので、システムが変わったのかもしれない。

スイスが寒そうだったのでブーツを履いて行ったのだけど、それを脱がされて、ちょっとムッとしていた矢先だった。

X線で中身を見ていた検査官が渋い表情を浮かべ、私の荷物だけ別の場所に移した。

今回、私は傘を手荷物として持ち込んでいる。

だから、この場面になると毎回没収されないかヒヤヒヤするのだ。

日光アレルギーだから、日傘を取られると外が歩けなくなってしまう。

呑気《のんき》な私は、その時もまだ、傘の方を心配していたのだった。

肌の黒い女性の係官が、私の荷物を勝手に開け始めた。

何？　私、何にも持っていないのに、と思っていた数秒後、係官が鋭い目つきでライヨールの箱を取り出した。

え、え、もしかして、ライヨールのペーパーナイフ？

せっかくギフト用に包んでもらったのに、断りもなくリボンをほどき、べりべりとシールを剝がしている。

急に不安になりながらも、ちゃんと説明すればわかってもらえるだろうと、高をくくっていた。

むき出しになった2本のライヨール。

「パピエ！　パピエ！」と必死にアピールする私。

もう、搭乗が始まっている。

飛行機に乗りたいから、早く返してほしい。

それでも、いくらペーパーナイフだと訴えても、向こうはノンと言うばかり。

これを持ち帰りたいなら、もう一回搭乗手続きのカウンターまで戻ってスーツケースの中に入れろという。

そんな無茶なこと、できるわけがないのに。

結果は、まさかまさかの没収だった。

女性係官が、ものすごく嫌な態度で、空っぽになった箱だけ突き返してくる。

箱だけ返してもらったって意味ありませんから、結構です！　とこっちも頭にカーッと血がのぼって思いっきりふたつの箱を突き返したら、今度はこれ見よがしに目の前で箱をゴミ箱に捨てられた。

そして、ライヨールのナイフ2本は、どこかへ持って行かれてしまった。

ショックすぎて、頭が真っ白。

搭乗早々、やけ酒をあおる私。

ペーパーナイフが武器になるというのなら、ベルトだって、ハイヒールだって、なんだって凶器になるのに……。

自分に起きた現実が信じられなかった。

夢だったらよかったのに。

帰国してバッグを開けると、ライヨールの袋だけが入っていた。

どうして袋だけ残っているのかは、わからない。

幻のライヨールになってしまった。

確かに、ぼんやりして手荷物にしてしまった私が、悪うございました。

最初に大荷物を持って免税の手続きをし、それをスーツケースにしまってから、搭乗の手続きをするべきでした。

悪いのはすべて、この馬鹿で間抜けな私です。反省してます。

でもさー、目の前に飛行機があるのだから、たとえば厳重に管理できる鍵のかかる箱か何かに入れて、日本に戻ってから渡してくれるとか、ペナルティを払った上で、別便で日本に送ってくれるとか、取り置き期間を設けて、本人か代理人が取りに行ったら戻してくれるとか、そういう紳士的なサービスがあってもいいと思うのだ。

どうでもいい物を没収されるのなら仕方がないかと諦められるけど、私みたいに、本当に大切な宝物の場合もある。

それを、何でもかんでも一括りにしてゴミのように扱うというのは、どうなんだろう。

悲しすぎて、思い出すと涙が出てくる。

私は、あの2本のライヨールの行方《ゆくえ》を、本気で知りたい。

今頃、どこでどうしているのかな。

せめて、あの価値のわかる人のもとに渡って、大切に使われることを祈るばかりだ。

間違っても、ゴミとして葬られることがありませんように……。

もう、あの時は本気でフランスという国すべてが嫌いになりそうだった。

でも、悪いのはもちろん私だけど。

おフランスで買おうなんて思わず、素直にITOYAさんで買うべきだったのだ。
ペーパーナイフには、くれぐれもご用心くださいませ！

日常　5月23日

コロが、ベランダで水と戯れている。

水遊びが大好きで、水道の蛇口から水を流してやると、嬉々《きき》として水を相手にする。

どうやら、溝を流れる水の先端を追いかけるのが好きな様子。

手でシャカシャカとせわしなく水に触れる姿は、熱心にブラシを使ってお掃除しているみたい。

頃合いを見て蛇口を閉めるのだが、そうするとそれに気づいたコロが、水を出してくれと催促する。

温かくなったので、こういう遊びができるようになった。

インドに行って、それほど時間が経たないうちに今度はスイスとフランスの旅があったので、なんとなく落ち着かなかった。

ここにきて、ようやく日常が戻ってきた。

朝、新聞を読み、仕事をして、ペンギンと朝昼ごはんを食べ、夕飯の買い物に行き、夕方お風呂に出かけて、晩ごはんを食べる。

毎日がハレの日というのも刺激があって楽しいけれど、それは、それとは真逆の淡々とした日常があってこそ引き立つもの。

毎日毎日ハレの日だったら、かえってつまらなくなるんじゃないかと思う。


たくさんのプチトマトが届いたので、食べきれないからドライトマトにしてみた。

トマトを半分に切って笊《ざる》に並べ、天日干しにするだけなのだが、それがとっても手間がかかる。

特に小さなプチトマトだったので、細かい作業だった。

でも、ちまちましたこういう仕事、結構好き。やっているうちに、どんどん無心になっていく。

ふつうに笊に並べていたら、ペンギンがハートの形に変えた。

表面が乾いたら、裏返して反対側も干し、適当に水分が抜けたら、塩をしてオリーブオイルに漬ける。

ずっと、ドライトマトは内容のわりにお高いような気がしていたのだけど、自分でやってみて、その理由がやっとわかった。

要するに、手間ひま代というわけだ。

今は、瓶に入って熟成中。

最初はあんなにたくさんあったのに、瓶に詰めたらこれっぽっちだ。


数日前、八百屋さんに行ったら実山椒が売っていた。

こういうのを見ると、つい反射的に買ってしまう。

こちらも、ちまちま、ちまちま、根気のいる仕事だった。

細い茎から外した実を、軽く熱湯でゆがく。

見ているだけで、気持ちがスーッとする。

それを、今回はぬか床にすべて投入した。

実山椒を入れておくと香りがよくなり、なおかつ防腐作用があると聞いたので。

この夏、我が家のぬか床はお留守番なので、その対策でもある。

コロの春は、いまだ続いている。

発情期、というから波があるものだと思っていたけど、どうやらコロは冬からずっと発情期だ。

さっきまで大人しくしていたコロが、いきなり高校生男子に豹変し、腰を振りまくっている。

左脚の内側がピンク色になっているので先生に尋ねたら、硬いマットレスを丸めてそれを相手に腰を振るので、剝けてしまったとのこと。

わが家では、豚のぬいぐるみを相手にゴシゴシやっている。

親バカ化

5月31日

コロが暑そうにしているので、団扇《うちわ》をあおいで風を送ってあげたら、気持ちよさそうに寝ちゃった。

最近のコロは、おなかを丸出しにしてすっかり仰向けで眠っている。

ものすごくかわいいのだけど、写真を撮ろうとすると気配を察してすぐに起きてしまうから、撮れない。

「川」の字の真ん中の棒がコロなので、ペンギンに潰されないかとヒヤヒヤするけど。

コロが帰ってしまうと、「川」の字が急に「リ」になって、淋しくなる。

昨日、注文したコロの家がやっと届いた。

アメリカインディアンの家、ティピをもとに作られた、キッズテント。

ちゃんと、「COROT」と名前も入れてもらい、しかもその頭に「&」とつけてもらった。

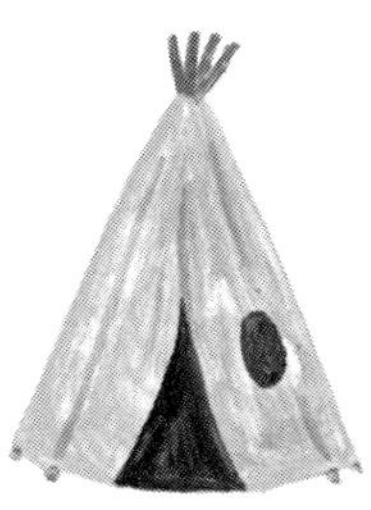

コロの反応は上々で、すぐに中に入って丸い窓から顔を出していた。

私も入りたくなって頭を突っ込んでみたけど、さすがに無理。

ぎっくり腰になりそうだったので、諦めた。

コロと出会ってから、自分がヒトの親になるというイメージは、すっかりなくなってしまった。

対象は、ヒトでなくても、犬で十分満たされることが、大きな発見だった。

親バカだなぁ、と自分でも呆れてしまう。

1年前だったら、犬のためにキッズテントを買う人を、私は間違いなく、冷めた目で一瞥《いちべつ》していたはずだ。

コロと会って、その価値観は180度ひっくり返った。

すごいことだと思う。

でも、自分がどんなに愛犬家になっても、絶対にしないと決めていることは、もちろんある。

それは、犬とお揃いの服を着ないこと。

もし私がこれをやり出したら、周りの人、どうか止めてほしい。

犬用のバギーを押している人を時々見かけるけれど、あれも以前は懐疑的だった。

でも、今は一定の理解をしめしている。

犬について知らない時は、人間の子と犬を同一視しちゃって、と思っていたけれど、確かに、あれが必要な時もあるのかもしれない。

特に、2匹飼っている時とか。

犬が、あまりに重い時とか。

でもやっぱり、犬用のバギーを押すのは、最後の最後の、どうしてもの時だけにしたいとは思うけど。

今読んでいる、『犬の心へまっしぐら』には、知らなかったことがたくさん書かれていて、興味深い。

土曜日の午後、コロはゴロ寝、私は読書。

暑いから、今夜はスイスでいただいた白ワインを開けて、馬肉のカルパッチョでも食べようかしら。

カリンバの音色

6月9日

前回コロが来たときのこと。

なんとなく興奮しそうになったので、ふとひらめいてカリンバの音を聞かせてみた。

2年前の夏、ベルリンの楽器屋さんで買ってきた美しいカリンバ。

以前は私が寝るとき、おやすみカリンバでペンギンがひいてくれたけど、最近はご無沙汰になっていた。

そのカリンバを、コロに使ってみたのだ。

ポロン、と最初の音を鳴らしたとたん、コロが「何？」という表情を浮かべ、そのまま音を奏でたら、みるみる瞳が輝いた。

「何？　何？　その音、なんなの？　もっと聞きたい！」

キラキラの目で、夢中で音に耳を傾けている。

その様子は、本当にかわいかった。

『犬の心へまっしぐら』を読んでいて、そうか、音を使えばいいんだ、と気がついたのだ。

犬へメッセージを伝えるには、言葉で話しかけるよりも、身振りや音の方が有効とある。

確かに、一生懸命日本語で犬に話しかけても、限界がある。

著者のアンジェロ・ヴァイラ氏は、とにかく犬の欲求を満たしてあげることが大切だと述べている。

犬と人が主従関係を築くのではなく、信頼関係を積み上げること。

お互いに相手を理解し、一心同体となる。

犬は犬らしく、人は人らしくお互いに違いを尊重しながら、共に心地よいと思える関係性を創出する。

私がイメージしたのは、二人三脚だ。

縦の関係ではなく、横のつながり。

相手がつまずけば自分もつまずくと理解すれば、いろいろな問題が解決できるのかもしれない。

そんなことを踏まえて、先週末と今週末を、一緒に過ごした。

相手の欲求を満たすには、相手をよく観察することだ。

コロがベランダに出たそうにしているとき、おやつを欲しそうにしているとき、かまってほしいとき、逆にほっといてほしいとき、そんな小さな欲求に応えてあげる。

そうしたら、ものすごく空気がスムーズになった。

コロは、自分が理解してもらっているということを実感することで、私に対する信頼関係が増すのだろう。

別にベタベタする必要はないけれど、コロはみんなと同じ空間にいることが幸せなので、その最低限の欲求を叶えてあげると、相手が嫌がることはしないのだ。

そんなことを気にとめながら今日も一日コロといたら、午後、コロが思いっきり期待に応えることをしてくれた。

なんとなく思わせぶりな視線をうかべて私を見た後、スタスタスタと廊下を歩いて、玄関先に置いてあるトイレシートへ。

片足を上げてオシッコをしながら、後ろをふりむいて私がちゃんと見ているのを確かめている。

そして、たっぷり放尿すると、得意げな表情で私の方にやって来て、体を摺《す》り寄せたのだった。

ちゃんとできるんだよ！　偉いでしょ！　と言っているみたいだった。

これまでコロの嫌がらせのオシッコだと思っていたのも、本当は私たちが間違った接し方をしていたから、そのメッセージだったのかもしれない。

それなのにコロを叱ったりして、本当に反省している。

わんこ浴衣

6月26日

去年、『七緒』の取材で高知に行った際、通りすがりにふらりと入った着物屋さんで、思わず買ってしまった麻の反物。

小さな柄は、すべて犬。

まだ、私の中の犬愛が開花していない頃だったのに、ちゃんと犬を選んでいた。


素材は麻で、近江ちぢみ。

着物の中で、麻がいちばん好きな私は、一目惚れだった。

着物の取材で行って、着物を買ってきてどうするの？　と思いつつ、犬の柄の着物なんて、なかなか巡り会えないし、と言い訳した。

反物に合わせて、半幅の帯も購入。

それを去年、鎌倉にいる間に浴衣《ゆかた》に仕立てたのだった。

実は、浴衣ってあんまり好きじゃなかった。

パジャマのようなもので外を歩くのはどうかと思うし、半幅帯も、なんとなく中途半端な感じがして、敬遠していたのだ。

でも、このわんこ浴衣が、そんな私の考えをひっくり返した。

先週の夏至の夜、初めてこの浴衣に袖を通して、外出した。

なんともサラッとして、気持ちいい。

綿の浴衣のようにだんだん襟元が緩くなったりすることもなく、キチッと形が決まっている。

何よりも、涼しいのだ。

風が吹くと、糸と糸の間に爽やかな空気が吹き抜けて、体ごと、ひんやりとした膜に包まれる。

意外に思われるかもしれないけれど、麻の着物だったら、洋服よりもむしろ涼しいくらい。

たくさんのわんこに守られて、しみじみ、この浴衣に出会えてよかったなぁと実感した。

しかも、よく見るとコロのシルエットにそっくりなのだ。

最近のコロは、顔はシジミ、脚はしいたけの軸、胴はひょろりと長くてうなぎのよう。

前から見ると2頭身なのに、上からの姿は4頭身くらいある。

まるで、近い将来コロと出会うことを予感していたかのようなわんこ浴衣だ。

でも、コロとはこれから2ヶ月以上も、会えなくなる。

今年の夏も、ベルリンへ大移動するからだ。

今日、これから成田に向かう。

だから昨日のお別れは特別だった。

去年の秋に知り合って、そんなに長い間会わないでいるのは初めてのこと。

「コロちゃん、しばらく会えなくなるけど、ちゃんとまた会えるから、覚えておいてね」と何度も何度も、コロに伝えた。

もう、9月にコロと再会する日が待ち遠しくて仕方がない。

私の方が、キュン、キュン、キュン、だ。

かわいいコロ。

いとしのコロ。


それにしても、サッカーは……。

でも私は昨日の結果のおかげで、夜、ペンギンにお寿司をご馳走してもらえた。
当分、魚は食べられないので。
こうなったらベルリンに行って、ドイツを応援しまくろう。
スポーツバーは、盛り上がるだろうな。
今回も、4つのスーツケースのうち丸々一個は、すべて食材が入っている。
ひじきとか、乾燥ワカメとか、干瓢《かんぴょう》とか。日本の乾物って、本当に素晴らしい。
ではでは、行ってきまーす。

まさかまさかの

6月27日

昨日は、成田からコペンハーゲン経由でベルリンへ。

乗り継ぎに3時間半あったので、空港内のレストランで夕食をとる。

適当に選んだサンドウィッチ屋さんが、大正解だった。


テレビ画面でドイツ対アメリカのサッカーの試合を前半だけ見て、ベルリン行きの飛行機の搭乗口へ向かう。

コペンからベルリンは、空路だと1時間弱。

もう、目的地のベルリンまであとほんの少しだった。

なのに、搭乗時間が過ぎても、案内がされない。

カウンターに当然いるはずの係の人の姿がない。

ベルリン行きの飛行機だけでなく、他の都市に向かうゲートも、どこもそんな状況なのだ。

だんだん、人が溢れてくる。

そこへ、ひとりの関係者がやって来て……、
まさかまさかのストライキだった。

どうやら、荷物の運搬をしている団体が、労働条件の改善を求めてストライキを決行したらしいのだ。

ベルリン行きの飛行機も、いつ飛ぶかわからない状況。

ヨーロッパでストライキは珍しくないとは知っていたけれど、まさか自分がその影響をまともに受けるとは。

だけど、飛ばないものは仕方がないので、辛抱強く待つしかない。

結局、1時間半遅れて、夜の9時くらいにようやく出発。

ただし、預けていた荷物は飛行機に載せられないとのこと。

4つのスーツケースに大事なものが全て入っているから非常に困るのだけど、仕方がない。

ベルリンのテーゲル空港に着いてから書類を書き、荷物のない状態でタクシーに乗り、クロイツベルクのアパートへ。

もう、丸一日以上起きていることになる。

それでも、静かで仄暗《ほのぐら》いベルリンの町並みを見ると、ホッとした。

すいっとそびえるテレビ塔は、個性的でやっぱりかわいかった。

唯一の救いは、初めてのアパートではなく、2年前と同じだったこと。

夜遅く着いても、勝手がわかっているので助かった。

石鹸も着替えも何もないけど、まぁシャワーとベッドがあるだけましかもしれない。

一夜明け、ベルリンは朝を迎えている。

驚いたのは、乗客が誰も騒がなかったことだ。

もう慣れっこになっているのだろうけど、ジタバタしても仕方がないと腹をくくっている。

きっとこれが、日本や、他のアジアの国だったら、詰め寄ったり、罵倒したりする人がいるような気がする。

みんな、粛々と次の対応をしている様子が、印象的だった。

というわけで、今、ひたすら荷物を待っている。

今晩、ベルリンフィルの野外コンサートがあるから、それまでにはなんとか荷物が届くことを祈るしかない。

ま、とりあえず、近所の美味しいパン屋さんで、朝ごはんでも食べてきますか。

待てど暮らせど

6月28日

荷物は届かず。

いつ届くとかいう連絡が何もないので、どちらかひとりはアパートに待機していなくてはいけない。

前回スカンジナビア航空に乗って良かったから今回もＳＡＳにしたのに、とんだ騒動に巻き込まれてしまった。

野外コンサートは夜の8時15分からだから、7時まで待ったのだけど、ダメだった。

泣く泣く、コンサートは断念する。

このコンサートに行きたいがために、26日の飛行機を予約したのに。

8時まで待っても音沙汰がないので、あきらめて近所の中華を食べに行く。

もう考えないようにしようとペンギンは前向きな発言をするけれど、週末に入ってしまうと、連絡をとるのがますます難しくなってしまう。

とほほほほ、だ。

中華は、相変わらずの盛況ぶり。

しかも、2年前働いていた青年が、まだいて覚えていてくれた。

日本人スタッフも2人増え、ここでは、働き者の中国人オーナーのもと、日本人と中国人がお互いに協力しながら働いている。

とりあえず、ビールで乾杯。

隣のテーブルに犬を連れた女性が来たことで、途中からペンギンはすっかり機嫌をよくしていた。

ニューヨークから来ているという。

コロに似ていると思ったら、やっぱりシーズーとのミックス犬だった。

レストランでもデパートでも、こんなふうに一緒に入れるなんて羨《うらや》ましい限りだ。

隣のテーブルのニューヨーカー犬は、騒ぐこともなく、ご主人さまの足元でじっと控えている。

メス犬だとわかると、ペンギン、本気でコロに会わせたがっていた。

コロの写真まで見せちゃって、ベルリンでも親バカぶりを発揮している。

食後、アイスを食べに川のほとりのアイス屋さんへ。

橋の上や川岸に、人が集まっている。

空はたそがれ、なんとものんびりとした空気が漂っていた。

もう9時を過ぎているのに、この明るさ。

人々は、何をするでもなく、ただただ友人や恋人とビールを飲んでいる。

この空気感が、ベルリンだ。

これが、パリのセーヌ川沿いだと、また全然違った雰囲気になる。

それにしても私たち、ひどい格好だ。

ペンギンは飛行機に乗るためとびきりリラックスしたパンツをはいているし、私は私で機内の寒さ対策のためブーツなんかはいちゃっている。

つまり、着の身着のまま今に至る。

着替えもなく、パジャマもなく、かなり悲惨だ。

荷物を人質として取られているので、身動きがとれない。

だけど、キタキリスズメももう限界。

寒くて風邪を引きそうでも、お薬は荷物の中だし、こんな状況では料理だって作れない。

私たちは長期滞在なのでまだいいけど、せっかくお休みをとって楽しみに旅行に来た人なんか、不便で不便で仕方がないと思う。

しかも、ここから更に鉄道で移動する計画だった人なんか、えらい迷惑だ。

早くストライキが終わることを祈るしかない。

荷物の重量オーバーに関してはとても厳しいというのは前々から知っていたけど、現場で働く方たちにとっては、本当に深刻な問題なのだろう。

ものすごく安いエアチケットとか、多くの問題を孕《はら》んでいる気がする。

こういう分野にこそ早くロボットが導入されて、人が無理せず働けるようになればいいのに。

私たちのスーツケース、今、一体どこにあるのだろう。

いい加減、待ちくたびれた。

どうしようもない

6月30日

丸3日待っているけど、スーツケースはいまだ届かず。

荷物の追跡システムまでが使えないので、本当にお手上げ状態だ。

ペンギンが、空港まで状況を確かめに行ったけれど、空港にも何の連絡もないとのこと。

さすがに日曜日は荷物が届かないだろうと、ふたりで近所のカフェへ。

基本的に日曜日はお店などが閉まるのだけど、カフェは結構あいているところが多い。

2年前、足繁く通ったカフェも、あいていて助かった。

まだ、同じ人が働いている。

つい先月、パリに行ったばかりだから、パリとベルリンの違いがよくわかる。

やっぱり、人々の空気感が全然違うのだ。

ベルリナーの方が、ずっと心に余裕を持って生きている。

それは、空間の広さだったり、緑の多さだったり、物価の安さだったり、そういうところに由来するのだろう。

カフェのメニューが書かれた黒板の下には、

No wifi on weekends

とあった。

まさにこれが、ベルリン的なライフスタイルだ。

それにしても、この不安な気持ちは当事者になってみないと、わからない。

私はずっと、たとえば震災で家を追われ、着の身着のまま逃げて避難所生活する人の辛さを、きちんと理解できていなかった。

もちろん、今の私の状況とは比較にならないほどの困難だけど、ベクトルは似ている。

命が助かったからいいとか、寝る場所や食べ物があればいいとか、確かにそうなのだけど、でも人はそれだけでは安心できない。

一番の気がかりは、いつまでこの状況が続くのかということ。

期限がわかっていれば過酷な状況にも耐えられるけど、先行きが見えない不安というのは、相当ストレスになる。

そのことが、今回よくわかった。

文字通り、手荷物しか手元にないので、まだ飛行機に乗っている気分だ。

軽い軟禁状態のようなもの。

荷物が誘拐されてしまい、身動きがとれない。

このままではらちがあかないと、さっき、ＳＡＳの日本の窓口に電話をかけたけど、全く誠意が感じられなかった。

第一、こういうトラブルに関する電話の窓口がない。

インターネットからメールで問い合わせてほしいというが、もうそれはやっていて、返事をするのに数週間かかるという。

空港の管轄だから空港に問い合わせてほしいと言うけれど、空港で何もわからないからわざわざ日本へ電話をかけたのに。

システムが複雑になって、責任がぐるぐるなすりつけられ、結局うやむやにされていく構図が見えてくる。

今、こちらは月曜日の朝。

本当は、今日から集中して仕事をするつもりだったのに。

憤りを感じる。

どちらかが家にいなくちゃいけないし、でも家にいたところで荷物がないからなにもすることがないので、料理でも作って気を紛らわせるしかない。

昨日は、ザ・ドイツの食卓。

茹でたじゃが芋とソーセージの黄金セット。

ソーセージは、茹でずに10分くらい熱湯につけてから、フライパンで焼くとおいしい。

じゃが芋につけるのは、トルコ料理店からテイクアウトしてきたフムスだ。

このドイツセットをつまみに、ドイツの安い赤ワインを飲みながら、ワールドカップの試合を見るのが、唯一の楽しみ。

こちらだと、キックオフが夜の6時なので、こうして見ながら晩ご飯を食べるには最高。

こんなことでもして気晴らしをしないと、心が持たない。

荷物が来ない時間が長引くと、現実を忘れるため、アルコールにおぼれてしまうかも。

おとうふ

7月1日

今日もまた、新しい一日が始まる。

ベルリンの空は快晴。

昨日のサッカーは、延長戦のすえに、ドイツが2－1でアルジェリアを制したらしい。

途中で眠くなって寝てしまったので、結果を見てホッとする。

次は、なんと隣国フランスとだ。

盛り上がるんだろうなぁ。

昨日の夕方、近所をぶらぶら散歩していたら、ようやくベルリンに来ているのだ、という喜びが、ふつふつと、シャンパンの泡みたいに湧き上がってきた。

スマートデリに頼んだ日本の食材も届いて、だいぶ暮らしの感覚が戻ってくる。

ごま油、みりん、料理酒、お酢、そんなに種類はないけれど、調味料も一通りの物は揃えることができた。

しかも、週2回ある配達日の前日の夕方までに注文すれば翌日届けてくれるのだから、すごく助かる。

食材が届いてすぐ、冷凍讃岐うどんを茹でて食べた。

こういうのに、かなり飢えている。

荷物が届けば、もっと日本の物が食べられるのだけど、とりあえず今は、手元にあるのでしのぐしかない。

お豆腐も、2丁持ってきてもらった。

このお豆腐が、ありえないほどの味の濃さ。

ふだん日本で食べているお豆腐より、断然おいしい。

しかも、お値段がたったの1・35ユーロ。

いつも買っているお豆腐よりも、安いのだ。


どっしりとした木綿豆腐で、沖縄の島豆腐に近い。

冷奴《ひややっこ》でもおいしいし、固いのでチャンプルーにすることもできる。

昨日は、残ったうどんのおつゆを無駄にしたくなかったので、煮奴にしてみた。

ペンギン、ご満悦。

ベルリンにはこのお豆腐があるから、長く居ても苦にならない。


そして、今日は火曜日。

ってことは、荷物を待って5日目になる。

よく、ヨーロッパの人に、日本人だと話すと、日本はいい国だ！　東京、最高！　日本人はみんな親切で優しい、と口を揃える。

日本に行って嫌な思いをしたという人の話を、聞いたことがない。

でも、そういうコメントを聞くたびに、いやいや、それはほんの一面しか見ていないからだよ、と冷ややかに構えていた。

でも、今回こんなことがあって、ようやく、日本は確かにそういう面ではとても素晴らしい国なんだ、と実感した。

結局、荷物の所在を調べてすぐに教えてくれたのは、デンマークの日本大使館の方だった。

航空会社は全く相手にしてくれず、たらい回しで、なんとか聞き出した窓口のＦＡＸに最後の望みをかけて送っても、なしのつぶて。

誠実さ、という点で、日本は世界でもトップクラスだということがわかった。
4つのうち3つのスーツケースに関しては、ベルリンに来ているらしい。
それだけでも、大きな前進。
今までは、どこにあるのかすらわからなかったのだから。
今日こそは届くことを期待しつつ……。

トルコ苺

7月3日

もうとっくに旬は過ぎているのだろうけど、見たら反射的に手を伸ばしてしまった。

ホワイトアスパラガス。

どうやって食べたらいいかと考え、せっかくだからとまだ試したことのない料理にトライする。

荷物がすぐに届くと思って、早々に買ってしまった牛乳が2本もあるのだ。

それを何とかして使うべく、ホワイトソースを作ってみた。

フライパンで溶かしたバターに小麦粉を加えて炒め、少しずつ牛乳を足して伸ばしていく。

たったそれだけで、手作りの美味しいホワイトソースができるのだ。

これに、軽く茹でておいたホワイトアスパラガスを和えてオーブンで焼けば、ホワイトアスパラガスのグラタンになる。

初めてでおっかなびっくり作ったわりには、焦げ目もついて、なかなかいい感じに仕上がった。

白づくしで、ドイツの白ワインと合わせた。

ふだんの暮らしだと、テレビを見ながら食事するのはご法度《はっと》なので、ペンギンは、テレビでサッカーの試合を見ながらご飯を食べられることにほくそ笑んでいる。

4年に1度のワールドカップだし。

ちょうどご飯どきだし。

私も見たいし。

ハーフタイムにメインを食べ、後半戦を見ながら食後のティータイム。

デザートは、苺。

私たちが今住んでいるクロイツベルクという地区は、トルコ人街と接しており、多くのトルコ人が暮らしている。

ちょっと不思議に聞こえるかもしれないけれど、ベルリンは、イスタンブールの次に、トルコ人の数が多い都市なのだとか。

そのトルコ人街で週2回開かれるマーケットが、家からは一番近く、2年前の滞在の時も足繁く通ったのだった。

とにかくいつ行ってもお祭りのような人だかりで、トルコ人や観光客で溢れかえっている。

野菜や果物は新鮮だし、驚くほど安い。

しぼりたてのオレンジジュースを飲みながら、2年ぶりにお店を物色する。

手作りする人が多いのか、布やボタンなどの手芸用品を売る店もたくさんある。

きっと、じっくり探せば、かわいいものもあるのだろう。

今時の日本では結婚式でも着ないようなケバケバしいワンピースや、原色の子供服、ありえないくらい安い下着などが、山のように積まれて売られている。

ここだけトルコ。

トルコの市場が、そっくりそのまま瞬間移動してきたみたいだ。

ただ、お目当ての蕪《かぶ》は、どこを探しても見つからなかった。

たいていマーケットには売っているから、まだ時期が早いのかもしれない。

かわりに、じゃが芋や細いネギ、ミントの葉っぱなどを買う。

そして、最後の最後に目に止まったのが、苺だった。

だいたい、私はヨーロッパで買う苺には、全く期待をしていない。

ビオのマーケットでせっかく高いお金を払って買っても、たいてい期待外れだ。

全然甘くないし、そのうえ固い。

果汁も乏しいので、目をつぶって食べたら、それが果物の苺であるとは気づかず、野菜か何かだと思うかもしれない。

今度こそはと期待して買って、何度裏切られたことだろう。

なのに、出口間際にある八百屋さんの苺が、妙に私にアピールしてくる。

買って買ってと、しきりに訴えるのだ。

それでも一度は無視したものの、やっぱり気になって引き返した。

2ユーロだし。あんまり不味《まず》かったらジャムにでもすればいいやと割り切って。

ところがどっこい、家に帰って一粒食べて驚いた。

日本の苺も顔負けの、甘くてジューシーな苺だったのだ。


ペンギンも、一粒口に含んでうなっている。

おそるべし、トルコ人!

おいしい苺は日本人の専売特許と思っていたけど、そうじゃなかった。

これからは、トルコマーケットに行くたびに、苺を買って帰らなきゃ。

さてと、今日でベルリンに着いてから一週間が経つ。

私のスーツケースは、どこですか？

爪も切りたいし、メガネも必要だし、葛根湯《かっこんとう》も欲しいし、着慣れたパジャマで寝たいし、いつもの石けんで体も洗いたいし、日本から苦労して持ってきた食材も食べたいし、仕事もしたいし、一刻も早く返していただけないでしょうか？

通常の旅行者だったら、もう旅行を終えて帰ってしまうだろうに。

一週間も荷物がなかったら、せっかくの旅行が台無しになってしまうのに。

なんでも買えばいいって問題ではないと思う。

アスパラガス

7月5日

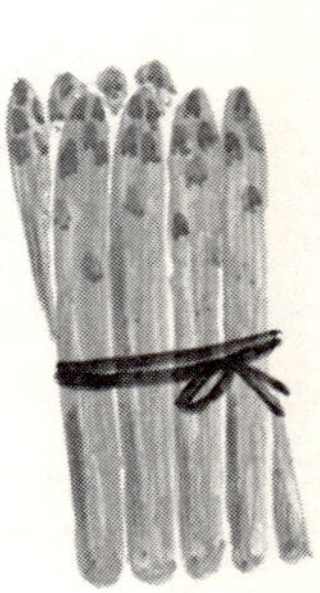

ようやく、スーツケースが3つ戻った。

待っていてもらちがあかないので、ペンギンがテーゲル空港まで「奪還」しに行く。

3度目に行って、やっと返してもらえた。

空港には、配達を待つスーツケースが、山となって待っているとのこと。

取りに行って正解だった。

でも、残り一つの荷物がどこにあるのかは、いまだ不明。

まだ、コペンハーゲンの空港に留め置かれている可能性が高いみたいだ。

パーフェクトではないけれど、荷物が戻ったことで、ようやく日常生活を送ることができるようになった。

また、トルコ苺を買うべく、トルコ市場へ。トルコ市場は、火曜日と金曜日の週2回だ。

市場の入り口にほど近い広場に、人だかりができていた。

なんだろうと近づいたら、楽器の生演奏が聞こえてくる。

バイオリンの女性とドラムの男性のユニットが、曲を弾きながら自分たちのCDを売っているのだ。

ドラムの男性が座っているのは、木の下にあるふつうのベンチで、その隣には、おじさんとおばさんがふつうに休んでいる。

のどかだなぁ。

今日は気温もあがって、なんとなくみなさんハイテンションだ。

お目当てのトルコ苺は、同じのがなく、かわりにこの間よりも小粒のが、2キロ6ユーロで売られていた。

ジャムを作りたかったから、小粒の方がいいかもしれない。

でも、さすがに2キロもいらないなぁとためらっていたら、半分の1キロで売ってくれる。

野菜は買わないつもりでいたけど、ちょっとのぞいたらおいしいそうなアスパラガスが並んでいる。

こちらは1束1ユーロ。安い！　と思ってつい買おうとしたら、なんと2 for 1とのこと。

1ユーロで、2束も買えた。

当分、アスパラガスを食べる日々が続きそうだけど。

それにしても、盛り上がってきた。

カフェやレストランのテラス席には、大きなスクリーンが設置され、車や家のバルコニーにも、ドイツ国旗がひるがえっている。

キックオフは、明日の夜10時。

相手はフランスだし、日韓戦みたいなものだから、すごく白熱するんだろうな。

もちろん私は、ドイツを応援する。

家に帰って、さっそくジャム作りに取りかかった。

ビオカンパニーに寄ったら、ドイツ製のラーメンも売っていたので、試しに買った。

こちらでも、ラーメン屋さんは大流行りだ。


と思ったら、なんと日時を勘違いしていた。

今、ちょうど試合をやっているというではないの。

だからさっきから、なんとなく騒がしかったのだ。

今、ドイツが一点入れました！

犬天国

7月7日

外を歩いていると、犬の姿ばかりが目に飛び込んでくる。

今までだと、ドイツにいるのは、いかつい顔をした威厳のある大型犬ばかりだと思っていたけど、今回改めて見ていると、結構、ちょこまかと歩くかわいい小型犬も多い。

ドイツの犬はみなお利口と思っていたけれど、中には吠えている犬もいる。

犬がたくさんいる印象だったけど、少なくとも東京のわが家の近所と今いるベルリンのクロイツベルク地区を較べる限り、日本の方が犬密度は高いかもしれない。

そして、日本の犬の方が、断然きれいにされている。

トリミングの頻度とかは、日本の方がずっと多そうだ。

散歩のマナーに関しては、日本の方がしっかりしているかも。

こちらだと、犬の落し物を拾っている人はまずいないし、ましてやオシッコを水で流している人など見かけない。

基本的に、人が歩く歩道以外の土の上は犬のトイレとして認めているらしく、犬たちは、そこで用を足すようしつけられている。

あとは、公園などに行くと、dog station があって、落し物を拾うためのビニールが用意され、下にはそれ用のゴミ箱が設置されている。

つまり、パリほどではないにせよ、ここベルリンにもやっぱり犬の糞は落ちている。堂々と道の真ん中に落ちているか、道の端っこにさりげなく落ちているかの違いだけだ。

お散歩は、たいていの飼い主さんが、ノーリード。

犬は、自由に歩いている。

でも、飼い主さんに呼ばれたら、すぐにピューっと飛んで行くからすごい。

コロだったら、そのままどこかにいなくなってしまいそうな気がする。

お互いへの信頼関係が、しっかりと築かれているのだろう。

飼い主さんの意識の高さは、断然、ドイツの方が上。

犬を飼う権利も保証されているかわり、義務も発生する。

ドイツには犬税というのがあって、犬は、保健所ではなく、税務署に登録するのだとか。

州によって法律が違うようだけど、故意に放置すると罰金が科せられ、虐待を行った場合は、罰金だけでなく禁固刑にまでなるらしい。

飼い主さんが飼えなくなった犬は、ティアハイムと呼ばれる動物保護施設に保護され、新しい飼い主に引き渡される。

犬や猫を飼いたい人は、ティアハイムを訪ねるか、ブリーダーさんから直接もらうかするかで、日本みたいにペットショップで販売されることはほとんどない。

殺処分もゼロで、どんなに年老いてしまった飼い主のいない犬でも、ティアハイムで手厚く保護されながら、最後まで犬としての余生を送ることができる。

今日も、再来週からの旅行の列車の席を予約しに中央駅に行ったら、飼い主さんと一緒に旅行する犬たちが、出発を待っていた。

そうか、陸路で他の国に行けるヨーロッパ圏の人たちは、国内だけでなく、外国へも気軽に犬を連れて行けるのだ。

狂犬病の予防接種など一定の条件をクリアすれば、犬に対してもパスポートのようなものが与えられるらしい。

飼い主さんにとっても、犬にとっても、すてきなことだ。

日本では、スーパーやカフェすら犬を連れて入れないところがほとんどだから、うらやましい。

犬に生まれるなら、ドイツが世界で一番幸せなんじゃないかと思う。

あとは、どんなふうにして犬を教育しているのか、それが知りたい。

私もペンギンも、すでにコロシック。

瞬間移動して、コロがベルリンに来られたらいいのに。


今日のベルリンは、かなり気温が上がっている。

ペンギンがこっちに来て初めて、昆布と鰹で出汁を作ってくれたので、それを冷やしてぶっかけうどんにした。

スマートデリで注文した讃岐の冷凍うどんが、かなり美味しくて助かっている。

鰹節？

7月8日

ようやく、4つ目のスーツケースの居場所が判明。

いくら自力で検索システムを使ってもわからないので、今回は、ベルリンにある日本大使館の方が調べてくださったのだ。

航空会社も空港の人も結局は他人事。親身になってくださったのは、やっぱり日本人だった。

本当に助かった。

きっと、自分たちで積極的に動かなかったから、ずっと所在もわからないまま、留め置かれていたのだと思う。

また、引き取りに来いとのことなので、ペンギンが空港まで出向く。

これで4回目だ。

やったー！！！

ようやく荷物が全部戻ったぞ。

そう喜ぶのも束の間、4つ目のスーツケースを開けると、嫌な臭いがする。

これはもしや、私が大嫌いなカビの臭いでは、と思ったら、予感が的中した。

おそらく、長時間外に放置されていたのだろう。雨ざらしになって、その間に中の物が全部湿気てしまったのだ。

最悪。

服も、何もかも、すべて湿っている。

靴にはカビが生えていて、ペンギンのスニーカーなんか、鰹節みたいになっている！

せっかく出発の前日に買いに行ったお土産にも、カビがびっしり。

こんなの、プレゼントにできないよぉ。

海外に来て、こんな嫌な思いをするのは初めてだ。

しかもそれが、大好きなベルリンでというのが、皮肉に思える。

すべて洗濯しないと着られないので、さっきから洗濯機を回している。

それにしても、こんな理不尽なことって。

こういう事態に直面しても怒らない人でいたいけれど、それは無理というもの。

ひどすぎる、本当に。

でも、これが世界の現実なんだろうなぁ。

日本では、絶対にありえないけど。

日本が世界に誇れるサービスは、まだまだたくさんあると確信した。

荷物が戻ってきて、うれしいんだけど、悲しい。

これが、すべての厄落としだと信じたい。

夜は、ご飯を作る気にもなれなくて、また中華へ。

春巻きと小龍包と、酢豚じゃなくて酢鶏（？）を食べる。

それでも気が晴れなくて、デザートと称して、はす向かいのトルコデリへ寄り、また一杯ずつワインを飲んだ。

たっぷりと、ちゃんと２００mlの線までついでくれるのが、ドイツ流。

今日、うれしかったのは、ペンギンが、空港でコロに会ったこと。

頭の白い湯気も、そっくり！

ペンギンは、本当に、コロが助けに来てくれたと思ったらしい。

でも、顔を上げるとやっぱり違った。

コロの方が断然かわいい。

荷物がそろって、今日からやっとベルリン暮らしがスタートだ。

でもこれから先、鰹節を見るたびに、ペンギンのカビだらけの靴を思い出してしまうんだろうな。

そして、あの時のやりきれない気持ちも。

もうこれ以上の災難が起きませんように！

パウル・クレー

7月10日

すごい試合だった。

ブラジル対ドイツ。試合開始前は、まるで日本の大晦日のような静けさに包まれていた。けれど、試合開始と同時に、方々から歓声が聞こえてくる。

ベランダから外を見たら、向かいのアパートに住む人たちが、みんな同じテレビ画面に見入っているのがおかしかった。

最初は、ドイツチームがゴールを決めるたびに、ずいぶんタイミングよく雷が鳴るなぁと感心していたのだけど、誰かが花火を上げているのだった。

けれど、思いっきり曇り空なので、上がっていく時の軌跡しか見えない。

はじめのうちは1点決まるたびに盛大に花火が打ち上げられていたものの、まさか7点も取るとは予想していなかったのだろう、だんだん、後の方の得点になるに従って花火がしょぼくなっていく。

ドイツを応援していた身としては気持ちよかったけど、ブラジルのことを思うと切なくなった。

いったい、どうしてしまったのだろう。王者にも、あんなことが起こるのだ。

さすがに勝利が決まってからの1、2時間は、車がクラクションを鳴らしながら派手に走るし、お祭り騒ぎだった。

まだ対戦相手がどっちになるかはわからないけど、こうなったら、気分よく優勝して、どさくさに紛れて喜びを分かち合いたい。

日曜日は、ドイツ中が大変なことになるのだろう。

今日、電車に乗っていたら、初めて乗車チケットのチェックに遭遇した。

いきなり普段着の職員が車両に乗ってきて、一人一人、チケットを持っているか確認している。

ベルリンの公共交通は、改札がないので、不正乗車しようと思えば簡単にできてしまうのだ。

でも、今日も誰一人、チケットがなくて罰金を払っている人はいなかった。

さすが、ドイツ。

ちゃんとルールを守っている。

ちなみに、ベルリン市内は、バスもトラムも地下鉄も鉄道もすべて共通のチケットだ。

やっとロストバゲージ問題から解放されたので、今日はシャルロッテンブルク宮殿の中にある BERGGRUEN MUSEUM へ行ってきた。

大好きなピカソや、ジャコメッティ、マティスの作品に会えたのはもちろん嬉しかったけど、ただいま開催中の PAUL KLEE の展示がとても素晴らしかった。

じっと絵の前にたたずんで耳をすませていると、美しい詩や可憐なメロディが聴こえてきそう。

私が以前から好きだった線で描かれた俯《うつむ》く天使の絵も、彼によるものだった。

帰りは、ちょうどスコールが来たので、ＫＤＷの食品売り場で雨宿りがてら、贅沢ごはん。

今回初のシュニッツェルだ。

ペンギンは、ここぞとばかりに分厚いサーロインステーキを食べていた。

東京でもそうだけれど、ベルリンでも、急に豪雨になったりする。

天候が激しいのは、世界的な傾向なのだろう。

もう、この世が終わってしまうかのような雨、雷で、恐ろしくなる。

EIS

7月12日

町を歩いていると、かわいいアイス屋さんにたくさん出くわす。

お天気がいいと、店の前は大賑わいだ。

いつも子ども達で賑わっているのは、川沿いのアイス屋さん。

おやつの時間なのか、幼稚園児が、集団でうれしそうに食べていているのをよく見かける。

お気に入りのカフェのすぐそばにも、おいしいアイス屋さんがある。

老若男女、みなさんアイスが大好きだ。

中にはいかにもドイツ人といった風情のコワモテおじさんが、ものすごくうれしそうにアイスをなめていたりして、微笑《ほほえ》ましい。

ここは素材もオーガニックを使っている。でも、お値段はたったの1・1ユーロ。

確か2年前は1ユーロだったから、さすがに少し値上げしたのだろう。

この間は、コーヒーを飲む前にビオバニラを食べたけど、甘すぎず、さらりとした味で、おいしかったなぁ。

店の外にはかわいいテーブルやソファが並んでいるので、みんなで仲良くアイスタイムだ。

今日新たに見つけたアイス屋さんは、今まで見た中で一番の賑わいだった。

みんな幸せそう。

ベルリンに来るたびに思うけれど、本当にこんな小さなことで、人は十分幸せになれるのだ。

こっちにいると、アイスを食べるとか、コーヒーを飲むとか、公園を歩くとか、そういうことが、一日の中の一大イベントになる。

今日行ってきたカフェも、素敵だった。

お店の雰囲気も、味も、私がもっとも好きなタイプのカフェだ。

雑然として、さりげないところがたまらない。

ベルリンでは、安くておいしい店は、必ずはやる。

だから知らないエリアでコーヒーを飲むときも、人がたくさんいるところに入れば間違いない気がする。

金曜日の夕方には、思いっきり平和な空気が漂っていた。

ドイツ語、他の単語もＥＩＳくらいわかりやすいといいのに、とアイス屋さんの看板を見るたびに思っている。

犬と自転車

7月13日

ヨーロッパに来るたびに、いいなぁと思う乗り物がある。

自転車の前につけたり、後ろにつけたりする荷台。

ずっと、あれをなんと呼ぶのかわからなかったのだけど、どうやらチャリオットというらしいことが判明した。

ざっと100メートルくらいの間にも、何台ものチャリオットを見かける。

いいなー、いいなー、いいなー、いいなー。

私も、チャリオット、欲しい。

中には、大きめのワゴンに彼女を乗せて走っている人もいて、本当に楽しそうなのだ。

でも、ベルリンみたいに道が広くないと、快適には走れない気がする。

日本だったら、さぞかし迷惑な顔をされちゃうだろうな。

それに、こっちで見る分には小さいけれど、多分実際は、結構大きい。

そうなると、置く場所だって探さなくちゃいけない。

そんなことを悶々《もんもん》と考えていたら、すごくいいチャリオットを使っている人を発見した。

中に入っているのは、犬。

そう、それは犬用のチャリオットだった。

実は一度、怖い思いをしたことがある。

コロを自転車の前かごに乗せて、先生のお宅へ送って行った時のこと。

よく犬が前かごに乗せられてもじっとしているから、当然コロもそうしてくれると思ったのだ。

でも、実際は違った。

無鉄砲なコロは、なんと走っている自転車から何度も飛び降りようとしたのだ。

そして実際、飛び降りた。

あわてて止まったからよかったけど、その時、もう二度と自転車には乗せるまいと心に誓ったのだった。

でも、この犬チャリオットがあれば、いくらコロでも、外に飛び出すことは不可能だし、買い物にも使えるし、いいかもしれない。

大きさも、小ぶりだからなんとか置ける。

今、私が一番欲しいものは、犬用のチャリオットだ。

見ていると、ドイツは車輪のついている乗り物が、本当によくできている。

自動車はもちろん、自転車もカッコいいし、乳母車もしっかりした作りだ。

ちょっと調べたところ、どうやらチャリオットというのは古代に戦争で使われた馬車が起源らしい。

そんなに歴史がある乗り物だったとは。

てっきり、商品名かと思っていた。

道の真ん中を、余裕でスイスイのピンクチャリオット。

うらやましいなぁ。

おむすび持って　7月14日

昨日は愛しのコロの誕生日だった。

一歳になったという。

夜、スカイプでコロに会えたのが嬉しかった。

そして、昨日はいよいよワールドカップの決勝戦。

夕方6時に近所のレストランに行ったら、まだ試合開始まで3時間もあるのに、もうビール片手に盛り上がっている集団がいる。

みんなで応援するため、外にスクリーンが設置され、ふだんのテーブルも取っ払って椅子がずらりと並べられている。

食事も、7時までとのことで、お店の人たちも、なんだかそわそわとして落ち着かない。

いったい、この店だけで何杯のビールが飲まれるのだろう。

手に汗にぎる試合だった。

ドイツもアルゼンチンも、入りそうで入らない。

よっぽど力が拮抗《きっこう》していたのだろう。

この間のブラジル戦のようにはいかなかった。

だから、延長戦のラスト10分くらいでドイツがゴールを決めた時は、すごかった。

方々から花火、花火、花火、花火。

部屋の中にまで飛んできそうな勢いだ。

1対0で勝利をおさめた瞬間は、アパートのバルコニーや路上から、言葉にもならない雄叫びが響いてくる。

この盛り上がりが、家の近所だけでなく、ベルリン中、そしてドイツ中に繰り広げられていると思うと、気が遠くなった。

24年ぶりの優勝だったら、そりゃ興奮するのも当然だ。

ふだんは物静かで温和な隣人たちが、サッカーのことになると人柄が変わって別人になっている。

ドイツの人達にとっては、これがガス抜きになっているのだと思った。

下の階から爆音でダンスミュージックがかかってくるし、車のクラクションはけたたましいし、夜中の12時にもかかわらず、異様な盛り上がりだった。

勝って、本当によかった。


今日は、これからアルザスへ向かう。

ベルリンを離れての小旅行だ。

今回は、ドイツ、フランス、オーストリア、イタリアの4ヶ国をまわれるユーレイルパスを持ってきたので、ベルリンを拠点に、てくてく陸路でいろんなところへ行く予定。

アルザスは、フランスとドイツの国境地帯。

目指すは、ストラスブールだ。

鉄道で行くので、今日は5時間半の長旅になる。

さっき、お昼ご飯用におむすびを作った。

具は、梅干と塩昆布と胡麻のミックス。

いざ、おむすび持ってアルザスへ！

国境

7月17日

トンネルを抜けると雪国、じゃなくて川を越えるとフランスだった。

アルザス地方は、フランスとドイツ、両方の国にまたがっている。ライン川の真ん中が国境になっており、右側はドイツ、左側はフランスになる。

アルザス地方の領有権を巡っては、第二次世界大戦が終わるまで、ドイツとフランスが何度も熾烈《しれつ》な戦いを行ってきた。

そのアルザス地方の、フランス側の中心都市がストラスブールだ。

たった1本の川を越えただけなのに、こんなにも世界が変わるというのが驚きだった。

人々が話す言葉はフランス語になり、町並みもどことなく女性的な雰囲気になる。

お店のショーウィンドウにはおしゃれな洋服が増え、急に華やかになった。

ソーセージやハムなどドイツと共通する食べ物も多いけれど、フランス側の方が盛り付け

も綺麗で、明らかにおいしいのだ。お菓子屋さんの数も増えて、味もぐんと繊細になる。

一言で言ってしまえば、センスの違いというものなんだろうけれど。

ストラスブールはもっと無骨な街かと思っていたら、実際に来てみるととても可愛らしくて、お伽の国に迷い込んだみたいな気分になる。

この地方独特の木組みの家が、どれも個性的で素敵だ。

地元産の砂岩で造られた大聖堂も、バラ色をしていて美しい。

イル川クルーズでは花火も見られたし、ストラスブールの近現代美術館も良かった。

オランジュリー公園にはたくさんのコウノトリが巣を作っていた。

アルザスから生まれたクグロフの食べ較べもできたし。

でも、やっぱりというべきか、クグロフも、日本で食べる方がおいしい。

アルザス地方のお菓子屋さんには、たくさんの日本人が技術を学びに来ているらしく、そういう人たちが日本に帰って、もっとおいしく進化させている。

そういう日本人の探究心は、すばらしいと思った。

ドイツに慣れると、フランスの色彩がとても眩しく感じる。

質実剛健で地味なドイツはとっても好きなのだけれど、たまにはフランスの華やかな世界に触れるのもいいなぁと思った。

朝からワイン

7月18日

ガイドさんとドライバーさんをお願いし、アルザスのワイン街道へ。

まず最初にお邪魔したのは、ミッテルベルグハイムという小さな村にある、リエッシュさんのワイナリー。

今のジャンピエールさんで7代目となるそうで、代々葡萄を育てている、家族経営の小さなワイナリーだ。

この村のほとんどの家が、葡萄農家だ。

アルザスには、だいたい1200軒くらいのワイナリーがあるとのこと。

その中で、有機栽培を行っているところは、1～2割。

リエッシュさんはその中の一軒で、より厳密なビオディダミ農法に取り組んでいる。

到着したのが朝の9時半にもかかわらず、出てくるわ出てくるわ。

味見程度かと思っていたら、次から次へと、いろんなワインを飲ませてくれる。

残してもいいのに、もったいなくてすべて飲み干してしまった。

どれも味わい深くて、おいしいのだから仕方がない。


特に気に入ったのは、ピノグリという品種を使っている白ワイン。赤ワインと同じ製法で皮も一緒に仕込むため、美しい色をしている。

どのラベルもエスプリがきいていて、ものすごくセンスがいい。

農薬も化学肥料も使わず、添加物が一切入らないワインは、まさに自然からの贈り物。

大地に雨が降るように、体にすーっと馴染んでいく。

朝から、酔っ払ってしまった。


お昼は、リクヴィルで。

この村は、「フランスでもっとも美しい村」のひとつに選ばれている。

アルザスに来たら、絶対に本場でタルトフランベを食べたかった。

頼んだのは、キノコの載ったタルトフランベ。

皮が薄くて、チーズも重くなく、軽やか。

他にサラダも頼んだけれど、アルザスの料理は、本当に洗練されている。

ストラスブールよりも、むしろ小さな村にあるレストランの方がおいしいそうで、観光地でふらりと入ってこれだけの味に出会えるというのは、最高だった。


どの村も、町並みがきれい。

400年とか500年前の建物を、修理して手を加えながら、大事に大事に使っている。

家の色がカラフルなのは、アルザス地方だけの特徴だそう。

ただし、住んでいる人が勝手に選べるわけではなく、それぞれの家の色は、村長さんが決めるのだとか。

柱が斜めに入っているのは、女の子が結婚する時に他の場所に家を建て替えるため、何度も何度も同じ木を使うから。

アルザスの家は、とってもエコロジーだ。

最後は、もう一度ワイナリーへ。

エギスハイムという村にある、オシェールさんを訪ねた。

夕暮れ時、子ども達が庭で遊んでいる。

かわいいラベルは、３人のお嬢さん達が描いている。


オシェールさんは極力自然の力だけで葡萄を育てている。

だから、土を耕すのも、機械には頼らず、馬の力をかりる。

スキピーは、ブルゴーニュ出身で、８歳のオス。体重は９００キロ！

今では、オシェール家になくてはならない存在になった。

スキピーに会えなかったのは残念だけど、オシェールさんから多くのお話を聞けて幸せだった。

ワインは、自然が生み出すもの。

人はそれを見守るだけでいい。

オシェールさんの言葉は、まるで哲学者のように味わい深い。

最初に訪ねたリエッシュさんもそうだったけど、ワイン農家さんには、それぞれに信念があり、生き方がかっこいいと思った。

オシェールさんのワイナリーでは、葡萄を搾るのも、機械ではなく昔の古い圧搾機を使い、人力で行っている。

自然の時間の流れに逆らわないためだ。

1年に1度あるかないかの、贅沢な1日。

夜は、ジャムで世界的に有名になったクリスティーヌさんのお店に寄って買ってきたお惣菜を、ホテルの部屋で。

さすがにもうワインは飲めず、人参とセロリのサラダとテリーヌだけ食べて、すぐに寝た。

初ベルン　7月20日

朝、ジャックさんにコルマールの駅まで送ってもらい、バーゼルへ。

バーゼルは、フランスとドイツ、2ヶ国に接している。

本当はバーゼルからベルリンにまっすぐ帰るつもりでいたのだけど、急きょ予定を変更し、更に1時間列車に乗って、今はスイスの首都、ベルンにいる。

私は、まさかまさかの、今年2度目のスイスだし、ペンギンは、人生初のスイスに大興奮。

いきなり予定を変更した理由は、パウル・クレー。

この間ベルリンでパウル・クレーの作品を見て好きになり、いつかもっとたくさん見たいねー、なんて話していたら、スイスのベルンにパウル・クレー・センターというのがあると知り、ちなみにどのへんだろうと調べたら、バーゼルからたったの1時間で行けることがわかったのだ。

陸路の旅は、こういうことができるから楽しい。

朝9時半にフランスのコルマールを出て、午前中のうちにスイスのベルンのホテルに着けるのだから、陸続きのヨーロッパはすごいなぁと思う。

ペンギンは、スイスに入ったとたん町がきれいになって、ゴミが落ちていないとしきりに驚いている。

私は、つい先々月スイスに来たばかりだ。

スイスとの縁を感じずにはいられない。

男性的なドイツ、女性的なフランス、その両方のいいとこ取りをしたのが、スイスという気がする。

ファッションにしろインテリアにしろ料理にせよ、ドイツが引き算なのに対して、フランスは足し算だ。

その点、スイスは中性的で、プラスマイナスゼロ。

物価の高さを除けば、(でもその要素はかなり大きいのだけど) ものすごく居心地のいい国だ。

景色は綺麗だし、どこにいても深呼吸したくなる。

成熟して、洗練されているのがスイスだ。

スイスの首都が、ジュネーヴでもチューリッヒでもないのは、意外だった。

ベルンという町のこと自体、あまり知らないし、行ったという話も聞いたことがない。

今回の目的はあくまでもパウル・クレー・センターだけなので、正直なところ、あまり期待していなかった。

そのせいも、多少はあるのかもしれない。

あまりの町の美しさに、言葉を失った。

ふだんおしゃべりなペンギンも、息を飲んでいる。

右を見ても、左を見ても、上を見ても、下を見ても美しいのだ。

これが首都？

ベルリンもドイツの首都っぽくはない素朴さがあるけれど、それとは違う意味で思いっきり裏切られた。

なんて美しい町！！！！

好みもあるけれど、この景色はパリも敵わない。

だって、本当にありえないくらい素敵なのだ。

まるで、絵葉書の中をふわふわと歩いているような気分になった。

自分の目が、信じられなかった。

こんな素晴らしい町が存在したなんて。

旧市街から少し丘を上ったところにあるパウル・クレー・センターもまた、ありえない程の環境の良さ。

緑の丘に吸い込まれるようにして並ぶ、流線型の3つの建物が印象的だった。

数多くの彼の作品に出会えるなんて、本当に幸せなこと。

勝手な解釈だけれど、彼は、人生をとてもポジティブに捉えているように思う。

だから、作品の前に立っていると、とても幸福な気持ちになれるのだ。

来た甲斐があった。

日曜日でレストランはどこもやっていないし、お天気が悪くて土砂降りの雨だけれど、それでもこの景色とパウル・クレーの作品に会えただけで、大満足だ。

明日は、8時間半かけてベルリンに戻る。

あまりに充実していてすべてを思い出せないくらい、実りの多いアルザス旅行だった。

お米の国　7月22日

ベルリンに戻ってきた。

フランスのような華やかさも、スイスのような洗練された大人の雰囲気もないけれど、やっぱりドイツに入ったとたん、ホッとしている自分がいる。

今回は、ドイツからフランス、フランスからスイス、スイスからドイツへと、3回、国境を越えた。

私はもっと、国境というのは曖昧なものかと思っていた。

でも実際は、国と国の境目で、はっきりと別の国になるのがわかるのだ。

家の佇まいが違うし、風景も違う。

海に囲まれた日本では、なかなか味わえない感覚だった。

ベルリンに戻って真っ先に向かった先は、案の定、中華。

お米を食べさせてくれ、お醤油味がほしいと、体が大声で訴えてくる。

もちろん、ワインもお肉もパンもチョコレートも、おいしいとは思うのだけど。

でもそれは、頭でおいしいと理解している感じで、体が無意識のうちに求める味ではない。


アルザスは、一面が葡萄畑だった。

小さな村を、葡萄の木々が取り囲んでいる。

それはまさに、日本の田んぼと同じ光景で、フランス人にとってのワインは、日本人にとってのお米のような感覚なんだろうなと思った。

私たちがお米のない生活など想像できないように、彼らにとってはワインのない人生などありえない。


お米に飢えていたので、チャーハンと、茄子のピリ辛炒めとワンタンスープを頼んだ。

胃袋が喜んでいる。

ベルリンでの生活が長続きするのは、自炊ができるから。

一日に一食は自分で日本食が作れるから、負担にならない。

でも旅行の場合は毎食毎食が外食なので、いくら好きでも限界がある。

食べ終えて外に出ると、見事なまでの夕焼けの空が広がっていた。

厳密には「我が家」ではないけれど、ベルリンのアパートに帰るとものすごい安堵《あんど》感《かん》に包まれていた。


今朝は、鬱憤を晴らすように和食の朝ごはんを作った。

煮干しで出汁をとったワカメのお味噌汁に、納豆ご飯。

乾燥させてあるもって菊を戻して、菊の酢の物を作り、更にレンコンのきんぴらも。

今の状況にあっては、めちゃくちゃゴージャスな朝ごはんだ。

長旅で重宝するのは、日本の乾物。はじめて袋を開けたレンコンも、シャキシャキして、歯ざわり感が残っている。この間はモズクを水に戻したら、みるみる増えて、生のモズクと変わらないほど味がよかった。

切り干し大根や干ししいたけなど、乾物の王道以外にも、ゴボウ、菊、レンコン、えのきなど、いろんなのがある。

見つけるたびに、せっせと集めて正解だった。生の野菜が何もない時でも、助かるもの。

今夜は玄米を炊いて、近所のインド料理屋さんからキーマカレーを買ってきて家で食べる。

やっぱり、お米の国の人間なんだなぁ。

ジャックさん

7月27日

アルザスに行く目的のひとつは、ジャックさんに会うことだった。

ジャックさんは、ラープートワーという小さな村で、お医者さんをしている。

日本から来る友達の友達の友達というだけで、温かく迎え入れてくださった。

ジャックさんと共に過ごした2日間は、かけがえのない思い出になった。

ジャックさんは、日本をこよなく愛するフランス人だ。

きっかけは、子どもの頃にはじめた柔道だったという。

それまで、勉強ばかりしていたジャック少年にとって、柔道が世界を変えてくれた。

そして、じょじょに日本への理解を深めた。

今は、書道をたしなみ、柔道から剣道に鞍替《くらが》えした。

日曜大工が好きで、なんでも自分で作ってしまうジャックさんは、自宅のバルコニーに日

本風の池まで作ってしまった。

ジャックさんといると、まるで日本人といるような気分になる。

気の使い方とか物腰とか、精神は日本人よりも日本的だ。

きっと、ご本人もおっしゃっていたけど、大昔は、日本人だったに違いない。

ラープートワーにいる間は、ネットも通じず、ひたすら林檎の木の下で本を読んでいた。

旅の間読んでいるのは、スティーヴン・キングの『書くことについて』。


ジャックさんは、家で羊を2頭飼っている。

どうしてか聞いたら、草刈りをしてくれるからとのこと。

春に連れて来て、2頭にたっぷりと草を食んでもらい、秋になったら自分たちで食べるらしい。

すごくおいしいそうだ。

他に、ジャックさんはミツバチも飼っている。

ジャックさんの生き方は、正直で、まっすぐで、素敵だった。

奥さんのナタリアさんが作ってくれたお料理も、最高でした。

南へ、南へ

7月28日

クロイツベルクのアパートから、プレンツラウアーベルクのアパートへ引っ越した。本当はずっといたかったのだけど、8月はイギリスに暮らすオーナー一家がベルリンに戻ってくるのだ。

また、4つのスーツケースに荷物を詰め込み、タクシーでお引っ越し。

クロイツベルクの部屋は、近くに大きな公園があり、道路にも大きな木がたくさんあって、天井も高く、気持ちよかった。

ものすごく住みやすくて、いい所だなぁ、ここに家があったらいいのになぁ、としみじみ思っていたら、今、とても人気のエリアらしい。

私みたいに外国から来ている人も多いらしく、カフェやレストランではよく英語を耳にする。

駆け込み寺的存在の中華料理店も近いし、すぐそばには週に2回トルコ市場も立つし、おいしいアイスクリーム屋さんもあるし、言うことナシだった。

それに較べると、今度のプレンツラウアーベルクは、若者の町。

今まで、トルコ人がたくさんいたのに、今度はどこを見ても、若者、若者、若者、若者。

まるで、原宿の竹下通りのような賑わいだ。

日曜日だから飲食店がどこもやっていないんじゃないかと心配していたら、なんの問題もなかった。

以前から、こんなにお店があったかな、というくらい増えている。

ベルリンは小さな町なのに、エリアが変わると、がらりと表情が変わるのだ。

うれしいのは、アーユルヴェーダの先生が近くになったこと。

それとビアガーデン。

昨日、さっそく行ってしまった。

ベルリンでいちばん古いビアガーデンが、歩いてすぐのところにある。

初めてベルリンに仕事で来た時、連れて来ていただいた場所だ。

日本でイメージするようなビアガーデンとは違い、森の中にあるような、楽しい公園のようなステキな空間。

すごく気持ちよくて、家族連れとか、グループとかが、みなさん楽しそうにおしゃべりしながらビールを飲んでいる。

あまりにも近すぎて、ちょっと怖い気もするけど。

そして今日は、これからイタリアへ向けて大移動だ。

またしても陸路で、トスカーナを目指す。

南へ、南へ、てくてく、てくてく。

さすがに一日ではたどり着けないので、行き帰り、ミュンヘンに一泊する。

ベルリンからミュンヘンまでは、6時間だ。

でも、それくらいの列車の旅は、全く苦にならなくなった。

むしろ、適当な自由がある分、飛行機よりも楽。

車窓の風景も楽しめるし。

今、引っ越したばかりの台所で、玄米を炊いている。

うまくいったら、おむすびにして、景色を見ながら食べよう。

昨日の夕焼けが、きれいだった。

イタリアへ

7月29日

ミュンヘンで一泊し、ボローニャへ。

ミュンヘンは、大都会だった。

ベルリン村から来たので、すっかりお上りさん気分。

雑然とした感じは、パリに似ている。

たまには観光気分を味わおうと、世界一有名だというビアホールへ。

すごい賑わいに圧倒される。

ダークビールを飲みたいと思ったら、1リットルのジョッキしかない。

さすがに自力で一杯は飲み干せないので、ペンギンと半分こ。

重くて、片手では持ち上げられない。

お料理はまぁまぁだったけど、この先、一生来ないかもしれないし、雰囲気を味わうには最高だった。

ビールに、お肉、ソーセージ。

これぞ、ドイツの基本。

そして、朝9時半の列車で、いよいよイタリアへ。

駅の売店で、その日のランチを買い、お昼になったら席で食べて、食後に食堂車へ行ってコーヒーを飲む、というのが列車の旅の基本パターンだ。

日本の新幹線には食堂車がないから、楽しい。

今は、食堂車でカプチーノを飲みながら、この日記を書いている。

Bolzano Bozenという小さな駅に停車中だ。

どこがドイツとイタリアの国境なのかと興味深く見ていたけれど、どうやら、急に線路がガタガタギシギシいいだした辺りがそれらしい。

その証拠を示すように、外に洗濯物が干されている。

駅員さんの態度も、急にくだけだした。

イタリアに入ったらカプチーノもおいしくなるんじゃないかと、ちょこっとバカな期待をしたけれど、やっぱり結果は残念賞。

もう、ダンケ！　じゃなくて、グラッチェ！　だ。

メルシーの国に行ってきたばかりだから、頭がくるくるする。

今回の移動で、ますます列車の旅が好きになった。

さっきから、ものすごく風光明媚なところを通っている。

急峻な山のいただきにぽつんと一軒だけ家があったり、山肌に美しく霧がかかっていたり。

かわいらしい家々や、とんがり屋根の教会、廃墟のようなお城など、ずーっとシャッターチャンスが続いている。

けれど、悲しいかな、上手に撮れない。

あ、あの風景を撮りたい！　と思った時には視界が壁だらけになったり、トンネルに入ってしまったり、トラックや木に邪魔されたり、うまく収まってくれないのだ。

動いている風景を写真におさめるのは、至難の業だ。

これはもう、自分の目だけで記憶に留めるしかないということだろう。

決して、日本の新幹線のようなスピードは出ないけれど、こういう気ままなのんびりした旅もいいなぁと思う。

ペンギンは、初めてのイタリア。

私は、今回で4度目になる。

でも前の3回はすべてお仕事だったから、プライベートでイタリアを旅するのは初めてだ。

私がヨーロッパを陸路で旅して車窓の風景を美しいと感じるように、外国人も日本を旅していてこんなふうに感動するのだろうか。

看板を規制したり、家の色に制限を設けたり、ヨーロッパの人たちの風景に対する向き合い方は、素晴らしいと思う。

意識して守っていかないと、維持できないもの。

風景というのはみんなにとっての共通した財産だと、改めて実感する。

もう、ミュンヘンを出発してから、4時間以上が経過した。

ボローニャまでは、あと2時間半。

本を読んだり、ひと眠りすれば、あっという間に着いてしまう。

窓の向こうは、一面の葡萄畑だ。

敷居は低く　7月31日

もう2日も前のことなのに、いまだに感動の余韻が続いている。

できることなら、今すぐあのテーブルに戻りたいくらいだ。

ボローニャの駅から車で40分ほどのところに、ずっと行きたかったトラットリアがある。

今回イタリアに行ってみたいと思ったのも、ここの料理を食べたかったからだ。

サヴィーニョは、山奥にある小さな村。

町の中心に教会があって、その広場にちょこちょこっと個人商店があるだけだ。

バールは2軒、お肉屋さん1軒、クリーニング屋さん1軒。

10分もあれば、どんなにゆっくり歩いても、村をぐるりと一周できる。

全員が顔見知りで、東洋人など滅多に見ないのか、歩いていると、不思議そうに様子をうかがっている。

目的のアメリーゴは、すぐにわかった。
店構えからして、すでにおいしいオーラが放たれている。
でも、敷居はあくまで低く、家庭的。
そして、そんな山奥のトラットリアなのに、厨房では、日本人青年が働いている。
彼がすべて料理の説明をしてくれたので、助かった。
ボレンタとトマトペーストのオーブン焼き
白い牛のタルタルに、トリュフを添えて
スープ仕立てのパスタ　トルテリッニ
乾燥ミネストローネに小松菜のピュレを添えて
ズッキーニのフリットと、トマトソースの肉団子
卵とジャガイモに、黒トリュフを合わせて
ステーキの薄切りに、これまた黒トリュフ

ワインは、料理に合わせて、トラットリアのお父さんが、次々に出してきてくれる。

一杯だけ飲んでも、ボトルを全部あけてしまっても料金は同じという、ある意味で明朗会計のシステムだった。

選んでくれるワインが本当においしくて、ついつい飲みすぎてしまった。

なんて幸せな夜。

味も、雰囲気も、私がもっとも好きなタイプだった。

もう、他の店になんて行く必要ないや。

この村にずっと滞在して、すべてのメニューを食べ尽くしたいと、本気で思った。

今まで、私はイタリアで結構失敗している。

イタリア料理も、日本の方がおいしいと思っていた。

でも、違った。

どんなに評判のお店でも、アメリーゴにはかなわない。

ペンギン、これがイタリアでの最初の食事だなんて、ずるすぎる。

デザートは、牛乳とミントのちょっとクセのあるプリンと、この地方の伝統的なスポンジケーキをいただいた。

この地方は、トリュフの産地。

だからメニューにも、トリュフがふんだんに登場する。

そして、感動したのは、2階の内装。

壁一面に様々な動物の絵が描かれている。

犬が口に含んでいるのは、もちろんトリュフだ。

この店のオーナーはものすごくセンスがよくて、店の随所に楽しい発見がある。

ブラボー、アメリーゴ。

20代の頃、南仏のこれまた小さな村にある一つ星（つまりは設備としては最低レベルの）ホテルにある家族経営のレストランが好きで何度か行ったことがあるけれど、アメリーゴはそれに肩を並べる。

こんなに優しく出迎えてくれて、味は超一流。

逆の方が多いのに、なんて誇らしげな家族だろう。

特に印象深かったのは、澄んだスープに餃子みたいな小さな小さなパスタがたくさん入っている、トルテネッリ。

ボローニャの、伝統的なパスタだという。

あの料理だけでもいいから、もう一回、今度はどんぶりいっぱいたらふく食べたい。

イタリア語に訳された自分の本、持ってくればよかった。

その夜は併設のプチホテルに泊まり、翌朝の朝食は村のバールで。

宿泊客には朝食券が渡され、2軒あるバールのうちのどちらかで食べられるシステムなのだけど、1軒はおやすみのため、よりさびれている方へ。

朝早くから、村のおじちゃん達がカードゲームで盛り上がっていた。

この雑多な感じが、まさにイタリア。

イタリアに来るとなぜかホッとするのは、どこかアジアの国にいるような気分になるからだと思う。

色彩感覚とか、人懐こさとか、ヨーロッパの緊張感から少し解放される。

アメリーゴのおかげで、またいちだんとイタリアが好きになっちゃった。

トスカーナの休日

8月1日

イタリア版いろは坂のようなぐるぐる道で、山を2つも越えて、キャンティ地区へ。
丸2日、人里離れたヴィラに滞在した。
なんちゃって、トスカーナの休日。

散歩の途中に見つけたブラックベリーが、おいしかった。
ラベンダーには蜂が戯れ、葡萄は小さな実をつけている。
オリーブの古木にも、きちんと小さな実がなっていた。
ヴィラに向かう道の途中で見つけた、手作りの注意書きには、ピアノ、ピアノ。
いそがず、のんびり、てくてく、てくてく。

月曜日のサヴィーニョ　8月4日

このまま帰ったら絶対に後悔する。もしかすると、明日死んでしまうかもしれないし。なんて大袈裟《おおげさ》なことを考えて、やっぱりアメリーゴにもう一度行くことにした。フィレンツェは2日も見ればもう十分。それよりも、サヴィーニョに戻りたい。あの料理を、もう一度食べたい。

運よく、この間泊まったのと同じ部屋も空いているとのことなので、潔く予定を変更した。一週間のうちに2回も行くなんて、なんだか常連さんみたいな気分になる。

日曜日の夜ということもあるのか、地元の人で大賑わいだった。よれたTシャツにサンダルばきの近所のおじさんが端っこの席でひとりパスタを食べているかと思えば、ビシッとスーツを着込んだいかにもイタリアンな男性がハイヒールの美女を連れて現れたり。

どっちも受け入れる懐の深さが、まさにアメリーゴだ。

うれしかったのは、隣の隣のテーブルに犬がいたこと。

中年のご夫婦が連れてきていたのだけれど、犬もきちんと席に座らせてもらっている。

ご主人と奥さんが交互に犬を撫でてかまっている姿が、ステキだった。


こんないいレストランに愛犬も連れてこられるなんて、幸せだ。

しかも、目の前に料理のお皿が並んでいるのに、犬は少しも欲しがらずにじっとしている。

一体、どうやったらあんなふうにお利口なコになるのだろう。

コロだったら、間違いなくキュンキュンキュンで、おねだりしまくると思うんだけど。

犬との距離感を見ていると、イタリアと日本はよく似ている。

イタリアの犬はステキな首輪をしているし、カットもおしゃれで、顔もかわいい。

前回は初めてで、しかも4人だったので、なんだか興奮していたけれど、今回は2度目なので、勝手がわかっている分、余裕がある。

メニューもだいたいわかっているので、常連さん気取りで、オーダーした。

本当は、他のお皿も食べてみたいと思いつつ、この間のお料理がすべておいしかったので、結局前回とメニューが一部かぶってしまう。

でも、やっぱり美味しかった！

たいていの場合、2回目になると目や舌が慣れて感動が薄れるものだけど、アメリーゴの料理に限っては、前回の感動が色褪せない。

むしろ、前回よりもよりいっそう、しみじみと味が迫ってくる。魔法の料理だ。

1934年から、代々この味を守り、さらに進化させてきたアメリーゴ。

きっと、この小さな村にあることに意味があるのだろう。

そうそう、イタリア語に訳された自分の本は、あっけないほど簡単に見つかった。

フィレンツェの大型書店に行ったら、なんと平積みして置いてあったのだ。

書店と食材店が一緒になったような楽しい本屋さんで、うれしかったと同時に、驚いた。

だって、発売してから、もうだいぶ時間が経っている。

本を渡したら、向こうも、もうすぐ発売になるというアメリーゴの本をプレゼントしてくれた。

気さくだけれど誇り高くて、まるで東京の下町のような気風のよさにしびれてしまう。

味が好きなのはもちろんだけど、私はこのお店の心意気が好きなのだ。

とてもすごいことを、なんでもないことのように笑顔でさらりとやってしまう。

今回、ペンギンが急に長いパスタも食べたいと言い出して途中で追加の注文をしたら、慌てて厨房に行ってメインを出すタイミングを遅らせてくれた。

パスタは最後でもいいよ、と言っても、そこは頑なに譲らなかった。

食べる順番があるのだろう。

ワイングラスはピカピカに磨かれ、レースのカーテンは真っ白、床にはゴミひとつ落ちていない。

日々、切磋《せっさ》琢磨《たくま》してきた、その積み重ねで今がある。

こんなふうに、気持ちを保つのは本当に難しいはずだ。

やっぱり、もう一度食べに戻って正解だった。


翌朝は、前回とは別のバールで朝ごはん。

朝ごはんといっても、イタリアなので、甘いパンにコーヒーか紅茶を一杯飲む程度だ。

夜、あんなに食べたら、朝はそんなに食べられない。

午後は閑散として人っこひとり歩いていないようなサヴィーニョが、朝は早くから活気がある。

昨日は閉まっていたパン屋さんもお肉屋さんもあいている。

テラス席で紅茶を飲んでいたら、続々と近所に住むおじちゃん達がバールに集まってきた。

何もわざわざここに来なくても家で飲めばいいのに、と思うのだけど、違うのだろう。

バールに来て友人達に会い、エスプレッソを飲み、新聞を広げる。

それが、一日の楽しみであり、日課になっている。

そういえば、村に2人、いわゆる「不良少年」がいた。

奇抜な髪型をし、だらしのない格好で、大音量のヒップホップをかけながら村を歩いているのだ。

月曜日も、朝から2人は道端にいた。思いっきり、「俺様に近づくな」オーラを発しているけれど、いかんせんここはのどかな村。

きっと彼らも何十年か後には、村のバールに朝からやってくるかわいいおじいちゃんになるのだろうと思うと、ほほえましかった。

でも、この村で生まれ育ったら、道を外してみたい気持ちになるのもわかる気がするなぁ。

村の人たちも、私と同じような気持ちで、彼らを温かく見守っているのかもしれない。

またいつか、サヴィーニョに来られますように。

アメリーゴの料理を、いただけますように。

双六旅

8月6日

11時16分ミュンヘン発の列車に乗って、ベルリンへ。

進んで、進んで、休んで、戻って、また進み、まるで双六みたいな旅だった。

以前から北の方が肌に合うとは思っていたけれど、今回の旅行で、ますます北イタリアが好きになった。

特によかったのは、ヴェローナ。

ペンギンが期待に胸を膨らませていたフィレンツェはそうでもなく、ためしに一泊だけしてみようと宿をとったヴェローナの方が、数段よかった。

お店のセンスもヴェローナの方が上だし、とにかく町並みがロマンティックで、歩いているだけでうっとりする。

人の数もほどほどで、治安も明らかにヴェローナの方がいい。

フィレンツェでは常にスリに注意していないといけなかったけど、ヴェローナはもっと安心して町を歩けた。

きっと、ボローニャもステキな町なのだろう。

行ってみなければわからないことって、たくさんある。

ヴェローナはシェークスピアの「ロミオとジュリエット」の舞台になった町としても有名だ。

アリーナのオペラは曜日が合わなくて行けなかったけれど、その代わり、別の場所でやるという「ロミオとジュリエット」には行くことができた。

美しい邸宅のようなところの中庭を使ってやる、小規模な野外オペラだった。

観客は、50人くらい。

芝生の上に、椅子が並んでいる。

空が薄暮に包まれるのを見計らうようにして、劇がはじまった。

役者さん達は、全員裸足で、時に観客が座っている椅子と椅子の間を駆け抜けたりする。

距離が近い分、臨場感たっぷりだ。


伴奏はピアノだけというのも、シンプルですごくよかった。

だんだん空が暗くなってきて、ろうそくの明かりがよりいっそうくっきりと闇を照らすようになる。

間近で耳にするオペラの歌声は、しびれるほどだ。

情感を込め、世界中に響くような声で熱唱する。

アリーナでやる大規模なオペラも見たかったけれど、こっちはこっちで、素晴らしい。

上演後は、観客にも地元産のワインがふるまわれたりして、特別な夜になった。


ホテルに戻ってから、すぐそばだというので、実際に残っているバルコニーを見に行く。

あいにく夜なので門はしまっていたけれど、横の方から格子ごしに覗くことができた。

数えてみたら、9日間に及ぶイタリア旅行。

ペンギンは、食べ物に関してほぼ全戦全勝という結果にほくそえんでいる。

美味しいものばかりの旅となった。

きっと、イタリアに歓迎されたのだろう。

私にとっては、何と言っても、アメリーゴに出会えたことが、今回の旅の一番の収穫になった。

ベルリンに戻ったら、いよいよ『にじいろガーデン』の再校ゲラが届くし、もう一度気合を入れ直して、仕事モードだ。

住めば都

8月15日

イタリアから帰って、ようやくベルリンでの日常生活が再開した。

住めば都とは、よく言ったものだ。

最初はこの喧騒にどう対処しようかと頭を悩ませたけれど、トラムの音も、だんだん聞き流せるようになってきた。

夕方になると、ドイツ版の尾崎豊が、ギターの弾き語りをやるのもいつものことだ。

ベルリンはどこも静かだと思っていたけれど、そうじゃない所もあるんだということがわかって、勉強になった。

7月に借りていたアパートのあるクロイツベルクがあまりに居心地がよかったので、ついついそこを基準にしてしまう自分がいて、反省する。

ヨーロッパの他の都市をいくつかまわって、それぞれ素敵な町はあったけれど、でもやっぱり、私にはベルリンが一番しっくりくる。

肌に合うというか、自分にジャストサイズの服を着て歩いているような気分になるのだ。

何もかもが、ちょうどいい感じがする。

町の規模も、人の数も、静けさも。

部分的に取り上げたらベルリンより優れた町はたくさんあると思うけれど、身の丈にあった暮らしをするという点では、ベルリンにまさる都市はないと思う。

気負わず、力まず、自然体でいられることが楽なのだ。

自分たちの首を後ろからしめるような過剰なサービスがないのも、いいと思う。

私の留守中に日本から送られてきたゲラの入った郵便物は、大きすぎてポストに入らなかったらしく、同じアパートに住む下の階の人が預かってくれていた。

日本だったら、もうそういうことはないだろう。

時間指定とか再配達とか、そういう細やかなサービスはないけれど、そのぶん、働く側のストレスも少なくなる。

この、ほどほど感にホッとするのだ。

今日は、近所に住む日本人の友人達が集まって、バーベキューをする予定。

ちょっとお天気が心配だけど。

私はおむすびを作って持っていくので、今、大量のご飯を炊いている。
ご飯の炊ける匂いは、幸せだなぁ。
ベルリンはもうそろそろ、秋の気配だ。
それでも皆さん、厚着をして外でビールを飲んでいる。

もったいない精神

8月18日

歩いていると、こっちにもあっちにも、中古品を売る店が目立つ。

洋服だけでなく、子どものおもちゃを専門に売る店、子ども服の店、家具などと、なんでもある。

しかも、きれいにしたものをおしゃれに売っている。

基本的に、物は捨てないのだ。

ベルリンで暮らしていると、日本にはあふれている物が貴重になる。

ビニール袋や輪ゴム、プラスチックの容器などなど。

東京の暮らしだったら簡単に手に入るからすぐに捨ててしまいそうな物でも、こっちでは大事にとっておいて使おうという気持ちになる。

この間、鍋が壊れたのでデパートに見に行ったら、高かったのでやめた。

日曜日にいろいろな広場で開かれる蚤の市に行けば、中古品のをもっと安く手に入れることができる。

食料品などは安いけれど、それ以外の物は、税金の関係もあるのか高く感じる。

だから、買う前にはじっくり考えるし、無駄な物は買わないようにしようというブレーキが働く。

物が高いというのは、いいことなんじゃないかと思った。

自転車もそうで、新品を買おうとすると、結構いいお値段がする。

でも、その分ちゃんとしているし、機能的でかっこいい。

自分の自転車に並々ならぬ愛着を持てるから、放置自転車なんてありえない。

そう思と、日本には随分とムダが多いなぁ、と思う。

ベルリンも、戦争で多大な爆撃を受け、町は瓦礫《がれき》の山となったという。

そんな中、残された女性たちが使えるものをせっせとかき集めて、町を復興した。

その、もったいない精神が、今もベルリンの人たちに脈々と受け継がれているのだと思う。

私も、ベルリンにいると新しい物を買おうという気持ちにならない。

それよりも、古い物をうまく再利用して活用しなきゃという気分になる。

というようなことを、確か2年前の滞在の時も日記に書いたっけ。

「もったいない」は、日本人よりむしろベルリナーが得意とする分野のようだ。

スーパーの袋は有料のところが多いし、使い終わったペットボトルや瓶は、それを買った店に戻すとお金を返してくれる。

それが、結構いい額になるので、一回まとめて持って行くと、その日のコーヒー代くらいは捻出できる。

このシステムが、日本にも広まればいいのに、と思うんだけど。

そういえば、ビニール傘をさしている人も、見かけない。

にじいろガーデン

8月20日

今日、無事に旅立った。
『にじいろガーデン』の著者校正、最後のゲラ。
もう、へその緒がぷつんと切れて、私とはつながらない。
別々の人生を歩み始めたのだ。
長い道のりだったと思う。
連載の期間もあったから、本になるまでに通常の1・5倍くらいの時間を費やした。
でも、その分、生命力が強くて、丈夫な子になったんじゃないかと思っている。
伊礼さん、栗原さん、お二人の編集者には、本当にお世話になった。
二人が担当でなければ、この作品は生まれていなかった。
今は、この作品が書けたことが幸せで、他のことはあまり考えられない。

『にじいろガーデン』が自分にとって最後の作品になっても、少しも後悔しない自信がある。

現時点でのベストは、尽くせた。

うちの近所にも郵便局はあるらしいのだけど、慣れた所から出す方が安心なので、さっき、クロイツベルクの郵便局まで行ってきた。

少しお金を追加すると、コードがもらえるので、それがあれば、今、どこに荷物があるかを確認できる。

あとは、無事に日本へ届くことを祈るばかりだ。

今回は、どんな素敵な衣装を着せてもらえるのだろう。

一ヶ月後、再会するのが楽しみだ。

初めてのブンデスリーガ

8月23日

朝、トン丼を作る。
トンとは、マグロのこと。
この間イタリアに行ったとき、おいしいと聞いていたので瓶詰めを買ってきたのだ。
しかもイタリアでは、トロの部分を加工して瓶に詰めるという。
大当たりだった。
玉ねぎと炒め、最後に卵でとじたのだけど、マグロにいい感じで脂がのっている。
確かにこれは、日本の缶詰めとは一味違った。
魚が貴重なベルリンにいるので、久しぶりに魚を食べた満足感がある。

午後は、オリンピックスタジアムへ。

ヘルタベルリンが、ホームでブレーメンのチームと対戦するのだ。

ということで、私は初のサッカー観戦。しかも、ブンデスリーガだ。

本拠地での開幕戦ということもあるのか、行きの電車からすごい盛り上がりだった。

おそろいのユニホームを着て、中にはさっそくビールを飲んでいる人も。

日本の満員電車みたいにサラリーマンでぎゅうぎゅう詰めになった経験はないけれど、サポーター達で満員電車に近い状態だ。

ようやくチケットを買って中に入ると、まず音にびっくりした。

迫力満点だ。

ブレーメンのサポーターはほんのひとにぎりで、ほとんどがベルリンのサポーターだ。

ベルリンに、こんなに人がいたとは!

試合は、ベルリンが2点を先制した。

ベルリンのチームには、細貝萌《ほそがいはじめ》選手と原口元気《はらぐちげんき》選手、ふたりの日本人プレイヤーがいる。

この間、こちらで長く続けている老舗の和食屋さんに行ったら、ちょうどおふたりも食事にいらしていた。

すっかりファンになってしまった私。

もちろん試合にもフル出場だ。

原口選手は、この前の試合でもゴールを決めているし、今回も点に絡むなど大活躍。

細貝選手もチームメイト達に積極的に指示を出し、がんばっていた。

結果は2対2の引き分け。

2―0になった時はもう勝てると思ったけれど、ブレーメンも強かった。

ほんのちょっとのことで試合の流れがガラッと変わったりするのは、スタジアムで同じ空気を吸っているからこそわかる。


帰りは、韓国料理屋さんに寄って、石焼きビビンパと、チャプチェをいただく。

本格的な味が手軽に食べられて、なんとありがたいのだろう。

そして今は、ストラスブールにいる。

なんとなんと、この夏2度目のストラスブールだ。

今回は、ここからさらに西を目指す。

最後の小旅行、旅のお供は、ひじき寿司。

カウントダウン

8月30日

ストラスブール、エペルネー、パリ、ランスと一泊ずつし、一昨日の夜、ベルリンに戻った。

これで、ユーレイルパス10回分の切符を、すべて使い切ったことになる。

まさかまたパリに行くとは思っていなかったのだけど、14年ぶりだったペンギンは、かなり浮かれた様子だった。

結局、私は今年だけで3回ロダン美術館に足を運び、メープルソープの企画展を見たことになる。

パリはたった1日だけだったけど、中身の濃い、充実した時間になった。

ランスからの9時間に及ぶ長旅も、なんのその。

気がつけば、ベルリンでの日々も、残りわずかだ。

1週間後には、もう日本に帰っている。

最初の1週間は荷物を待って終わったし、今回は3回も小旅行に出かけたから、本当にあっという間だった。

ベルリンの良さをますます再確認し、ヨーロッパで暮らすなら、ベルリン以外にはないという結論に達した。

人の優しさ、治安の良さ、物価の安さ、ストレスの少なさ、緑の多さ、どれをとってもベルリンがずば抜けている。

一年間くらい住んでしまえば嫌いになれるのかもしれないけれど、今回でますます、ベルリンへの愛が募ってしまった。

今回は、特に犬にばかり目がいった。

どうしてこんなにお利口なのか、まさかドイツで生まれた犬が最初から賢いわけはないだろうに、と不思議に思っていたら、どうやら犬の学校が非常に充実しているらしいのだ。

ベルリンだけでも百近い学校が存在し、そこでは犬だけでなく、飼い主も一緒になって学習する。

躾《しつけ》がきちんとされているから、電車やバスにも乗れるし、レストランにも同席できるようになる。

昨日、電車を降りたら、ちょうど犬の学校の一行とすれ違った。

訓練士さんの指示のもと、数頭の犬たちが電車に乗る練習をしている。その後ろから、飼い主さんたちが続き、指示の出し方などを学んでいる。

そうやって、犬は飼い主を信頼し、飼い主も犬を信頼するようになる。

その信頼関係を、周りの人たちも信頼する。

どこかがひとつ欠けても、犬にとっての快適な社会は成り立たない。

ベルリンの犬は、本当に幸せだなぁ。

そんなことを書いていたら、すっかりコロが恋しくなる。

また一から関係を築くことになるのか、それともちゃんと覚えていてくれるのか。

再会のシーンを想像すると、今からにやけてしまう。

今日はこれから、ベルリンフィルのオープニングコンサートへ。

曲目は、ラフマニノフの「ダンス」と、ストラヴィンスキーの「火の鳥」。

どんな演奏になるのか、今から興奮している。

タンゴ

9月4日

家ごはんの最後は、やっぱりこれ。

ポテトフライに、ソーセージ。

昨日、外を歩いていたら、どこかからヴァイオリンの音色が流れてくる。

決して、上手ではない。むしろ、その逆。

どうしたのだろうと思って音の出処《でどころ》を探ると、小学生の男の子が、道ばたでパフォーマンスをしているのだった。

いっちょまえにヴァイオリンのケースを前に置いて、お金を集めている。

そこに悲壮感はなく、少年が自らの意思で演奏しているのが伝わってきた。

何人か、お金を置いていく。

日本だったらあまりない光景だけど、ベルリンならある。

自由でいいなぁ、としみじみ思った。

同じく昨日、ミッテ地区をてくてく歩いていた時のこと。

自転車に乗った素敵なマダムが颯爽《さっそう》と通り過ぎた。

歳の頃は、50代前半といったところ。

頭には白と黒の洒落たベレー帽をかぶり、個性的なサングラスをかけている。

ベルリンには、男性も女性も、とても魅力的に歳を重ねているんだな、と一目でわかる人たちがたくさんいる。

かっこいいなぁ、と思いながら余韻に浸っていたら、後ろの方から英語で声をかけられた。

振り向くと、さっきの素敵なマダムがいる。

「あなたの帽子がとっても素敵なんだけど、それはどこのなの？　ずっとそういうのを探しているんだけど、見つからなくて」とのこと。

それからしばらく、お互いに相手の帽子の褒めっこをする。

こういう気軽さも、ベルリンならではだなぁ、と思う。

心に、余裕というか、スキマを作っているんだろうな。

こんな何気ない出会いが、楽しかったりするのだ。

タンゴも、そう。

夜、近所を歩いていたらかっこいい音楽が聞こえてくるので、見に行ったら、男女がタンゴを踊っているのだった。

教室とかそういうのではなく、本当に近所のおじちゃんとおばちゃんがふらりと来て、楽しそうに踊っている。

これも、ベルリンならではって感じがする。

カフェなどでは、お母さんがふつうに赤ちゃんに授乳しているし、いいなぁ、と思うことがたくさんある。

がむしゃらに昼も夜も働いているような感じの人は見かけないし、晴れると、平日の昼間でも公園には人があふれるし、一見、遅れているように見えるのだけど、実は「村」と表現されるベルリンが、もっとも進歩的で最先端のライフスタイルを選んでいるようにも思えてくる。

こうしてベルリンにいられるのも、あと半日。

思う存分、ベルリンの空気を吸って帰ろう。

リセット

9月7日

最初は、コロと似ている犬を見つけて「コロ」と呼んでいたのが、次第に犬全般を「コロ」と呼ぶようになり、しまいには、犬だけでなく、1歳くらいのかわいい男の子を見ても、「あ、コロがいる」と言うようになっていた。

どんどんコロ率が高くなる。

コロに再会するのが楽しみでならず、ペンギンなんか、そのことを想像するたびに、うっすらと目に涙を浮かべていた。何度、コロの写真を見たことか。


帰りの飛行機に乗ってからも、前方のスクリーンに表示される「TOKYO」の所を指差して、「ここに、コロがいるんだね」なんて言っている。

だから、昨日の朝成田に着いて、そのまま荷物も置かずに空港から先生のお宅へ直行したのだった。

1秒でも早く、コロに会いたかった。

2ヶ月半ぶりの再会である。

「コロ〜〜〜」

心の中で叫びながら、ペンギンが抱きかかえているコロに顔を近づける。

「会いたかったよーーーー」

けれど、どうもコロは目を合わせない。

一応しっぽは振っているけれど、それは私たちに会って喜んでいるというよりは、散歩に連れて行ってもらえると興奮しているだけ。

「コロ」と呼んでも、「？」

きょとん、と不思議そうな表情を浮かべている。

その表情には、はっきりと「誰だっけ」。

どうやらコロ、すべてを忘れてしまったみたい。

家に連れてきても、「どこ？」「なんで自分はここにいるんでしょう？」とキョロキョロ。

挙動不審で、妙によそよそしく、他人行儀だった。

確かに姿形はコロなのだけど、私たちに対する表情や仕草が別犬なので、なんだか、コロではなくて、コロとそっくりのコロの弟がいるみたい。

家族のひとりが、記憶喪失になってしまったような変な気分だ。

仕方がない。2ヶ月半も離れていたのだもの。

そういう私たちだって、家の中のこととか、かなり忘れている。

どこに何がしまってあるかとか、ゴミ捨てのルールとか、ベルリンへと旅立つ直前に買った服のことなんかも、もうすっかり忘れているのだ。

要するに、みんながボケボケ状態。

もう一度、最初からやり直しだった。

だけど、コロの様子を見ていて、つくづく理解したことがある。

ちょうど飛行機の中で、人間の細胞は3日で全部生まれ変わるから、3日経つと、生物学的には100%別人になる、ということを読んだばかりだった。

もちろん、そういうことは頭では理解しているつもりだった。

でも、今回のコロの反応を見て、そっか、もう完全にコロは生まれ変わっているのだ、ということが、よーくわかった。

今目の前にいるのは、2ヶ月半前のコロとは、別のコロ。

そして、私たちもまた、別人になっている。

見た目が一緒だから、ふだんはなかなか気づいていないけど。

生きるってことは、忘れることでもあるってことだ。

だからよっぽど忘れないように記憶にとどめておかないと、忘れてしまうってことでもある。

一晩寝て、コロの表情は、少しだけ親しみを帯びてきたような気もするけど。

いや、単に新しい家と新しい人たちに、ちょっと慣れただけなのかもしれない。

これからもう一度、時間をかけてコロと新しい関係を築いていこう。

十五夜に

9月8日

昨日、コロのことを考えていたら眠れなくなってしまった。
もう、あのコロには会えないんだな、と思ったら、涙が止まらなくなってしまう。
起きて、今までに撮った写真を見た。
コロ、初めてうちに来た時から、腰を振っていたっけ。
私の腕に両手でしがみついて立ち上がり、フリフリ、フリフリ。
お気に入りの毛布にくるまって眠るコロ。
大嫌いな人参を威嚇するコロ。
ペンギンと川の字になって寝た。
後半は、完全におなかを見せてぐーすか眠ってた。
朝、起きるたびに、最大限にしっぽを振って喜びを表現したっけ。

シートにオシッコをして成功した時の、誇らしげな表情が忘れられない。

ボンドヘアーだったのに、トリミングに行ったら急におしゃれになっちゃって。

散歩にも、たくさん行ったなぁ。

なんとなくスースーしていた心のすき間に、コロはぴったりとはまって収まった。

コロとの時間を重ねるたび、自律神経の不調も治っていった。

コロが、大切なことを、いっぱいいっぱい教えてくれた。

でも、コロはやっぱりうちの犬ではなかった。

同時に2ヶ所のルールを覚えなくちゃいけなかったコロは、大変だったと思う。

そして、かわいい盛りのコロを快くかしてくださった先生には、いくら感謝をしても足りない。

ベルリンに発つ前の日、私は仕事が入っていたので、ペンギンにコロを任せ、先に家を出た。

ペンギンが、コロをベランダに連れ出して水遊びをさせている間に、さくっと出た。

置いていかれたことがわかると、いつも、すごく騒ぐので。

案の定、コロは私がいなくなったことに気づいて、大暴れしたらしい。

それから、2ヶ月半が過ぎた。

写真を見ていて、コロが私たちをすごくすごく好いていていてくれたことに、改めて気づかされた。

こんなことになるなら、コロの行動の一部始終をすべてビデオに残しておけばよかった。

関係が変わっていくのは仕方がないけれど、でもやっぱり心は切ない。

この2ヶ月半、きっと一番辛かったのはコロだったかもしれない。

がんばって、がんばって、やっと私たちのことを、忘れたのだ。

だからもう、コロの心を乱すようなことはできない。

コロが教えてくれたこと。

離れちゃ、ダメだってこと。

一緒にいる時間が、すべてだということ。

中途半端な気持ちでは、犬と暮らせない。

今日、わが家には新しい命がやってきた。

もう、ずいぶん前から決めていたのだ。

ベルリンから戻ったら、すぐに犬を迎えようと。

このコは、正真正銘、うちのコだ。

そう、今日からわが家に家族が増えた。

うちに新しい犬が来ることをわかって、コロが先回りして私たちのことを忘れてくれた、なんて考えるのは、深読みのしすぎだろうか。

でも、コロと会えたからこそ、小さな命にも出会えたのだ。

コロが、わが家のチビを必死で守ってくれている。

新しい家族の名前は、「ゆりね」になった。

漢字だと、百合音と書く。

白くて、モシャモシャしていて、形が似ているから、私は百合根がいいと思ったのだけど、ミュージシャンのペンギンが、「音」にこだわった。

百の音が合う、オーケストラみたいでいい、と言う。

数日前に気づいたのだけど、ゆりねは、私たちがちょうどベルリンに旅立った日に、生まれた。

2ヶ月半で、ゆりねは自分で柔らかい餌が食べられるようになり、コロは新しく生まれ変わった。

不思議な縁。

きっと、すべてが繋がっている。

写真で見た時はそんなふうに思わなかったのに、ゆりねの仕草や表情、雰囲気は、コロそつくりだ。

今日は、中秋の名月。

残念ながら東京の空は曇っているけれど。

十五夜にやって来た、ふわふわのゆりね。

今は、コロの匂いのしみついたアザラシのぬいぐるみに寄り添って、スースー寝ている。

かわいい。

ゆりね日和

9月11日

ゆりねがうちにやって来て、今日で4日。

日に日にかわいくなってきた。

最初の日は、ほとんどカゴの中で寝ているだけだった。

歩き方もよちよちで、体もぷにぷに。あまりのおしとやかさに、ペンギンと、「お嬢様」と呼ぶほど。

それが、2日目になると少しずつ行動範囲が広がり、カゴにかぶせてあるスカーフも、自分で外してしまう。

そして3日目となる昨日、ゆりねは初めてないた。

更に、走った。

走ったと言っても、ぴょこんぴょこんと、まるでうさぎみたいな走り方をする。

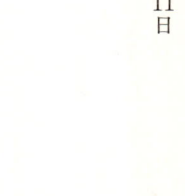

でも、前日までのよちよち歩きとは、明らかに違う。

なんだか、ゆりねが走るとスキップしているように見える。

餌の食べっぷりも、よくなった。

水もたくさん飲んでくれるし、いいウンチも出ている。

とにかく最初の3日間は、環境の変化などでストレスを感じ、具合を悪くすることがあるので気をつけてくださいと言われていたから、まずは無事に4日目を迎えることができホッとしている。

眠る時、コロの匂いのついているぬいぐるみを周りに置いたら、むにゃむにゃしながら安心したように眠っていた。

表情や仕草、性格までもが、ますますコロに似てきた。

ゆりねもコロも、超のつくマイペース。自分の世界を持っている。

一ヶ月後のお見合いが、楽しみだ。

ゆりねは、ビションフリーゼという犬種なので、これからますます毛がモシャモシャになる。目指すは、しろくま。

大人になったら、クヌートみたいになるといいな。

今は、トイレの猛特訓中である。

大きくなったら　9月15日

1週間が経った。

体重を測ったら、1キロちょっと。

来た時より、一回りほど大きくなっている。

昨日はららちゃんが来てお泊りし、今日は姪っ子がやって来た。

みんな、ゆりねを目当てにうちにやって来る。

ゆりねファンが、増殖中だ。

ゆりねが来てから、家がにぎやかになった。

夕方、ゆりねをバッグに入れて、買い物へ。

犬について無知だった頃は、犬を抱っこして歩いている人を、何してるんだろう？　と不思議に思って見ていたけれど、あれは、抱っこ散歩だったのだ。

2回目のワクチンが済むまではお散歩できないので、その前に環境に慣れさせるため、抱っこして外を歩く。

それが、犬の社会化にとって、とても大事だという。

今日は、初めてバスに乗った。

揺れが気持ちいいのか、すぐにウトウトして、何の問題もなかった。

今はまだ1キロで簡単に連れて歩けるけれど、最終的には6キロ前後になる予定なので、こんなふうに一緒に外出できるのも、今のうちだけ。

だから、抱っこ散歩も積極的にして、様々な環境を見せておこうと思っている。

買い物をしていると、たくさん声をかけられた。

最初はみなさん、私がぬいぐるみをバッグに入れて持ち歩いていると思うらしい。

その後、ゆりねが動くのを見てびっくりなさる。

確かに、バッグから頭だけちょこんと出していると、ぬいぐるみみたいだ。

もちろん彼女の性格にもよるけれど、もしも社交的なコだったら、ゆくゆくは、コロみたいに、レンタ犬として知り合いに貸してもいいかな、なんて思っている。

犬は好きだけれど、ずっとは飼えない人とか、結構いるのだ。

そういう人たちに、週末だけとか貸してあげたら、私がコロとの関係でたくさんのギフトをもらったように、ゆりねも何か社会の役に立てるかもしれない。

傷ついた人の心を癒したりするのに、犬は、最高の相手だと思う。

そのためにも、人に慣れないといけないし、マナーも身につけないといけない。

今はゆりねが赤ちゃんなので、しっかりとそばについていてあげることが大切だけど、いつまでもべったりと寄り添って依存するというよりは、お互いに独立したパートナーのような関係になれたらいいと思っている。

ゆりちゃんち

9月18日

寝ていても、あくびをしても、餌を食べても、ウンチをしても、走っても、何をしてもかわいいゆりね。

脳みそがとろとろにとけてしまいそうなほど、愛おしくてしかたない。

今日は、初めての電車で、表参道へ行ってきた。

ノンノンと、ヨックモックで待ち合わせ。

かわいい姿を見せたかったのに、さすがに長旅で疲れたのか、ずっと眠ってた。

ひとりでお留守番させるのと、一緒にお出かけするの、犬にとってはどっちがストレスが少ないのだろう。

でも、いざという時は電車にも乗らないといけないから、今のうちに慣れておかないと。

ゆりねは、もう自分ちで寝るようになった。

コロのために用意した、ティピ。

少し落ち着くまでは布団の上で抱っこして、眠ったら、ティピの中に移しておく。

そうすると、途中トイレに起きても、またスタスタとティピに戻って眠っている。

出入りする時に、鈴が小さく鳴るので、夜暗くてもなんとなく行動が把握できる。

犬がどこで寝るかは、大きな問題だと思う。

コロは、私たちの間に入って、川の字で寝ていた。

それはそれで、ものすごく幸せだった。

でも反面、うっかり潰してしまったら、と思うと、気が気じゃなかった。

川の字で寝なければ、シャンプーする回数も少なくて済む。

たいていの犬はシャンプーを嫌がるから、嫌がることはなるべくしたくない。

その代わり、夜寝る前と朝起きた後は、ゆりねをおなかの上にのせるなどして、たっぷりとスキンシップをとっている。何と言っても、ゆりねはまだ赤ちゃんなので、肌をくっつけると安心する。

ゆりねが好きなのは、耳たぶとおまた。

耳たぶは多分、お母さんのおっぱいだと思っている。

コロも、おまたが好きだった。

その時は、オスだから好きなのだろう、と思っていたけれど、ゆりねはメスだから、性別に関係なく、生まれてくる場所に興味があるのかもしれない。

ゆりねは、来るお客さん来るお客さん、みんなのおまたに潜って遊んでいる。

家族って（1）

9月20日

午後、ムコ殿を迎えに行く。

ムコとは、コロのこと。

そう、最初からそのつもりでゆりねをわが家に迎えたのだ。

つまり、ゆりねはコロのいいなずけ、将来のお嫁さんである。当然、両想いになったら、の話だけど。

犬も、人間と一緒で、第一印象ですべて決まってしまうらしい。

だから、初対面でそりが合わなければ、望みは消えることを意味している。

実は、もう2回、コロとゆりねは会っている。

そして2匹は、今のところなかなかいい感じなのだ。

これからは、コロが通い婚だ。

私は、コロからすると、「お姑《しゅうとめ》さん」的な立場となる。

最初にコロの匂いのついたぬいぐるみをゆりねに与えていたのが、よかったのかもしれない。

ゆりねは、コロに夢中。

そして、結構好みの激しいコロも、ゆりねを優しく受け入れている。

だいたい、ゆりねがコロを追っかけ回す。

ゆりねはあぁ見えて、結構勝ち気な性格。

自分よりずっと体の大きなコロに対して、しつこいくらいにちょっかいを出す。

でもコロは、ゆりねがまだ赤ちゃんだとわかっているので、絶対に手を出さない。

じっと堪えている。

そして、手を出さない代わり、脚をジタバタする。

犬があんな動きをするのを初めて見たけど、かなり笑える。

最初に見た時は、全員が大爆笑だった。

オーバーな動作で、後ろ脚だけ、左右交互に馬みたいに思いっきり蹴り上げるのだ。

お笑いの人が、ふざけているみたいな、かなり滑稽《こっけい》なリアクションをする。

この動作、どこかで見たことあると思ったら、欽ちゃんだった。

正統派アイドルだったコロが、いつの間にやら三枚目のコメディアンになっている。

きっと、コロもゆりねのことが大好きなのだろう。

ゆりねがカゴで寝ると、そっと近づいてその寝顔を覗き込んでいる。

コロの尻尾は、常に雨の日のワイパーみたいだ。

そして、ゆりねといる時のコロは、ものすごく分別があって、大人しい。

実家では常に3番目のコロが、ゆりねという子分ができたことで、急に成長したのかもしれない。


夕方、まだ地面を歩けないゆりねを残して、コロと散歩に行った。

よく歩いた道をてくてくして、公園を一周する。

元気良く走るコロ。

なんだか、いろんなことが懐かしかった。

帰ってきて、床にあぐらをかいて、「コロ、おいで」と言ったら、すぐに駆け寄ってきて私の足の間で丸くなった。

そして、安心したようにすやすや寝た。

体はずっしりと重たくなって、なんだか二十歳の青年を抱っこしているような気恥ずかしい気分になったけど、コロはきっと何かを思い出したに違いない。

前回とは、明らかに態度が違っている。

辛い思いをさせちゃってごめんねー、と思いながら、コロをぎゅーっと抱きしめた。

犬が2匹もいるのは初めてだし、収拾がつけられなくなったらコロを実家に戻そうと思っていたのだけど、見事なジェントルマン的振る舞いで、家の中にマーキングすることもなく、今は2匹とも私のそばで気持ち良さそうに寝ている。

もしかするとこの2匹、かなり相性がいいかもしれない。

将来、すてきな夫婦になるんじゃないかと思えてきた。

今まではちょっと関係性が違うけれど、ムコとしてコロを迎えるのも悪くない。

今夜はムコ殿、久々のお泊りだ。

ペンギンがいて、ゆりねがいて、コロがいて、家族が少しずつ増えていく。

ラブラブ中

9月21日

コロは、丸一日、わが家で過ごした。

最近は暑いこともあってか、あまり一緒には寝たがらなかったのだけど、昨日は当然のように川の字体勢へ。

コロが布団に来ると、当然ゆりねもこっちに来たがる。

ということで、昨夜は人ふたり、犬2匹が入り乱れて眠った。

夜中、心配になってそーっと覗いたら、コロはペンギンの足元で、完全にひっくり返っておなか丸出しで眠っている。ゆりねも然り。

ゆりねはまだ赤ちゃんでかわいいけど、コロは体が大きくなって貫禄が出たので、もうすでに「おっちゃん」の風格だ。

この数ヶ月で、本当にみるみる成長したのだ。

その間会っていなかったから、まるでつい昨日まで洟《はな》を垂らして歩いていた近所の男の子が、急に大人になって社会人となりスーツを着て歩いている姿を見て戸惑っているような、そんな複雑な気持ちになる。


今日のコロは、私のそばから離れなかった。

あぐらをかけばすぐにそこに抱っこされようとするし、お昼寝ベッドに横になればスーッと飛んできて一緒に寝そべる。

やっぱり、淋しかったのかな。

大人になった体で、いっぱいいっぱい甘えてきた。

ゆりねは、今日もコロを追いかけ回していた。

すぐにちょっかいを出すものだから、コロが困惑して逃げるほど。

でも、コロはあくまで優しく接している。

私たちがコロの骨を横取りすると怒るのに、ゆりねに取られても黙っていた。

あれほど激しかった腰フリダンスも封印し、懸案だったマーキングも、ほとんどない。

どこの犬ですか？　というくらい、紳士的なのだ。

実家ではいまだにコロはヤンキーのような振る舞いだというから、犬というのは、環境が変わるだけで、180度、その性格や表情、振る舞いまでが変わってしまう。

昨日、今日と一緒にいる様子を見て、コロは間違いなくいい旦那さんになるんじゃないかと思った。

そして、もしも2匹の間に子どもができたら、いいパパになるかもしれない。

雄犬が子育てに参加するのかどうかはわからないけれど、コロはユニークな犬なので、そういうこともやりそうな気がする。

わが家の明るい家族計画、まずは順調な滑り出しである。

いちじく祭り

9月25日

そういえば、加熱用のいちじくが出回るのはこの時期だった。

東京の八百屋さんではあまり見かけないけれど、私にとっては慣れ親しんだ味。

地元の山形あたりでは、これを砂糖や醤油、お酢などでコトコト煮て、甘露煮にして食べるのだ。

仲良しの友達の家に、大きないちじくの木があったのを思い出す。

本当は山形産が欲しかったのだが見つからず、今年は秋田のにかほ大竹集落で採れたいちじくを取り寄せた。

どうやら、その地区がいちじくの北限らしい。

大量に作って1年分のジャムにし、毎晩ヨーグルトと食べる。

まずは、2キロの箱をふたつ頼んだ。

いちじくの箱を開ける時って、いつもワクワクする。

加熱用なので、まだ熟す前の青いいちじくなのだけど、色がなんとも言えず美しい。

見ているだけでうっとりする。

さっそくジャム作りに取りかかった。

まずは一箱分を細かく刻む。

今回は、いちじく2キロに対して、きび糖は500グラム。

いちじく、きび糖、いちじく、きび糖と交互に重ねて、きび糖がとけるのをじっと待つ。

果物のある風景って、なんて気持ちいいのだろう。

もちろん、熟しているのをそのまま食べても美味しかった。

それと、バルサミコ酢とオリーブオイルであえてマリネにしてもいいかもしれない。

白ワインのつまみにぴったりだ。

ペンギンの仕事が忙しいので、最近、久しぶりに台所に入り浸っている私。

ゆりねは、生後3ヶ月を迎えた。

ゆりねのお母さんが、必死になって産み落としてくれた命だから、この先責任を持ってゆりねを幸せにしなくちゃいけない。

ちなみに、ゆりねに兄弟姉妹はなく、犬としては珍しい一人っ子だ。

家族って（2）

9月28日

先日、東小雪さんと対談した。

小雪さんは、レズビアンであることを公表しており、去年の3月、東京ディズニーリゾートで、相方の増原裕子さんと結婚式を挙げ、話題になった。

小雪さんは、元タカラジェンヌでもあり、また実の父親により幼い頃から性的虐待を受けていたことを告白している。

裕子さんとの出会いが、小雪さんの人生を明るい方へと導いたのだと思う。

実際にお目にかかった小雪さんは本当にかわいらしく、素敵な女性だった。

そんな彼女が、実の父親からレイプされ、母親はそれを承知で黙認し、誰にも助けを求められずにひたすら耐えていた。

止められるきっかけは、何度もあっただろうに。

でも、なんとか生き延びて、今、勇気ある活動をされていることを、心から尊敬する。

自分の生まれる原家族は、どうしたって選ぶことができない。

そこが、自分にとって平和な場所であれば何の問題もないけれど、そうでない場合は悲劇としか言いようがない。

そして、原家族に恵まれるということは、とてもラッキーなことだ。

血が繋がっているから愛しあえる、いたわることができる、わけではない。

時には、血が繋がっているゆえに、傷つけたり、ないがしろにすることもある。

家族だから愛しあえるというのは、幻想にすぎないと、私は思っている。

でも、原家族は選べなくても、ある程度の大人になれば、自分で家族が作れるのだ。

だから、原家族に恵まれなかったといって、一生そのツケを背負って生きていく必要はないと思う。

間違いは起こりうるのだから、その間違いにいつまでも縛られて、心身までもが蝕《むしば》まれて苦しまなくても、自分の手で自分好みの家族を作ればいいだけのこと。

何度でもチャンスは巡ってくるのだから、成功するまでチャレンジし続ければいい。

と、そんな想いを込めて、もうすぐ発売となる『にじいろガーデン』を執筆した。

小雪さん自身がうんと幸せになって、たくさん笑って、人生最高！　とおなかの底から言えることが、虐待に対する仕返しになると思う。

お二人は将来、自分たちの子どもを産んで育てることも考えている。

まさに、『にじいろガーデン』の世界だ。

当事者である方の心にどんなふうに受け止められるのだろうかと不安だったのだけど、「私たちの現実が物語になっている」と喜んでくださった。

そして、もっと小さい時にこの本と出会えたら、より救われたのに、ともおっしゃっていた。

私の場合は、犬が家族になった。

血の繋がりだけが家族ではなく、家族は、100あれば100通りの家族があっていいと思うのだ。

血は水よりも濃い？　なんて誰が決めたのよ！　ってきっと、「宝」なら言うと思う。

宝は、今まで私の本に登場した人物の中でも、飛び抜けて好きなキャラクターだ。

この物語を書くことができて、本当に幸せ。

そういえば、小雪さんと対談した後、ものすごい雷雨に見舞われた。

身動きがとれず、駅で立ち往生してしまったのだけど、小雪さんとお会いした後だったので、気持ちが穏やかだった。

自分の中に優しさが芽生え、誰かにものすごく優しくしたくなった。

傘を持たずに大雨の中を歩いている人に、自分の傘を貸してもいいかな、なんて思えたほどだ。

小雪さんマジックとしか、思えない。

お会いできて、本当によかった。

おぎゃあああああ！　9月30日

今朝、届いたばかりの『にじいろガーデン』。

まだ、できたてホヤホヤ。生まれたばかりの赤ちゃんだ。

長編としては、6作目となる。

何度経験しても、この瞬間はたまらない。

もう、私とは繋がらない。ひとつの物語として、これから先は自分の足で歩いていく。

西淑さんのカバーイラストが、すごく素敵。

タカシマ家の4人やマチュピチュ村の雰囲気を、とても美しい色彩で表現してくださった。

穏やかで、ゆったりとした時間の流れを感じる。

爽やかなそよ風が吹いてきそうだ。

今回も、装丁をしてくださったのは、大久保伸子さん。

長編は、6作とも大久保さんにお願いしている。

美しい本に仕上げてくださって、本当に感謝だ。

伊礼さん、栗原さんをはじめ、この本の誕生に関わってくださったすべての方に、ありがとうございます。

この物語が、誰かの心に響きますように！！！

オフサイドライン　10月8日

今日で、わが家にゆりねがやって来てからちょうど1ヶ月だ。ゆりねとの暮らしが始まってから、時間が清らかに流れるようになった。どの瞬間も愛おしくて、すべてをカメラにおさめたくなる。

ひと月前は、ぬいぐるみのメーメーちゃんの方がずっと大きくて、ゆりねはメーメーちゃんをお母さんだと思ったのか抱きつくようにして寝ていたけれど、今ではさほど変わらなくなった。

1キロちょっとだった体重は、1・4キロにまで増え、餌もガツガツと勢いよく食べている。

性格は極めてマイペースで、自由奔放。

基本的にはおっとりしているけれど、急にぬいぐるみ相手にプロレスをしたり、ぐるぐると唸《うな》りながら部屋中を駆け回ったり、お転婆な一面もある。

来たばかりの頃は、吹けば消えてしまいそうなほど命が頼りないように感じたけれど、少しずつ命の根っこが地球に伸びて、たくましくなってきた。

このまま、無事に大きくなってほしい。

かわいいし、なんでも許してあげたい気分になるけれど、将来のゆりねのためもあり、躾は厳しくやっている。

目標は、ベルリンに連れて行っても恥ずかしくないレベルだ。

そのためにも、今が大事。

一説によると、犬の躾は、6ヶ月までに決まるという。

コロでの反省点も踏まえ、ゆりねには入っていい場所といけない場所を、徹底して教えている。

入っていけない場所の筆頭が、台所。

台所では火を使うし、足元に犬がいるとかなり危ない。

それに、犬が食べていけないものを、うっかり床に落としてしまうなんてこともある。

あつあつのてんぷら鍋が頭上を横切ることもあれば、誤って上から包丁が降ってくることだってありえるのだ。

つまり、台所には犬にとっての危険がたくさんある。

だから、最初からゆりねには、台所に入らないようトレーニングした。

具体的には、台所に入った途端、床をどんと踏んだり鍋蓋を鳴らすなどして、「天罰」を与える。

台所に入ると嫌なことが起こると、ゆりねにインプットするのだ。

おそらく、ペンギンがやった最初の「ドン！」が効いたらしい。

ゆりねはすぐに理解して、台所に入らなくなった。

一歩でもはみ出ると、すぐに「天罰」がおちる。

私たちは、その境界線を、オフサイドラインと呼んでいる。

ゆりねは、実によくオフサイドラインを守っている。

私がお肉を焼いたり、ゆりねのご飯を用意し始めると、かなり興奮する。

でも、決してオフサイドラインを越えないのだ。

オフサイドラインぎりぎりまでやって来て、首を長く伸ばしている。

しかも感心したのは、わが家だけでなく、よそのお宅に行っても、台所には入らなくなったこと。

コロの実家に預けた時も、姉の家に行った時も、台所の中には足を踏み入れなかったという。

親バカ丸出しで恐縮だけど、ゆりねはかなり賢いみたいだ。

だけど、お留守番はちょっと苦手。

トイレの成功率は75％くらい。

がんばれ、ゆりね！

ゆりねにも、一生のうち1回くらいは、ベルリンの地を踏ませてあげたい。

そのためにも、今は心を鬼にして、ゆりねを躾けないと。

白犬の会

10月12日

そもそも、犬をかわいいと思うようになったのは、ソラマメとの出会いがきっかけだった。

ソラマメは、友人であるオカズデザインさんのところで飼われているジャックラッセルテリアで、ものすごく賢い。

そのソラマメとうちのゆりねを会わせようということになった。題して、「白犬の会」。

ソラマメはもう10歳を過ぎた大人の女性。いつも落ち着いている。

対してゆりねは、まだ生後3ヶ月半。

ソラマメがうちに来た瞬間からしっぽをブンブン振ってちょっかいを出しまくっていた。

どの犬に対してもそうするわけではないから、ソラマメのことが好きだったんだと思う。

コロに会う時と同じ反応で、とにかく興奮して、相手の顔をめがけてジャンプする。キャンキャン騒ぐしうるさいのだけど、ソラマメはじっと耐えていた。

きっと、私たちがコロやソラマメを好きだという気持ちが、ゆりねにも伝わっているんじゃないかしら。

ゆりねはさんざん相手にちょっかいを出すと、自分はさっさと疲れて眠ってしまった。

昨日は、ソラマメの方が甘えん坊で、みんなの膝から膝へと抱っこリレーされていた。

白犬2匹をいっぺんに抱っこ。

あったかい。

ソラマメの5キロと、ゆりねの1・5キロ、合計6・5キロ分の命の重みが、ずっしりと膝の上に広がる。

至福だった。

犬たちがまったりしている間に、人間たちは、お酒と料理を堪能する。

最近は私が専業主婦で料理を作っているので、料理脳が全開、穏やかな気持ちで台所に立てた。

いつもそういう気持ちで料理に向き合えるわけではないから、昨日は特別だったかもしれない。

いい料理を作れた。

〆は、芋煮汁。

最初はそのまま、次にカレーを入れて、最後は更にうどんを入れて、芋煮汁カレーうどんにする。

山形の人はお蕎麦をすすめるけれど、私は断然うどん派だ。

おいしかったなぁ。

白犬2匹に囲まれて、幸せな夜だった。

初登園　10月14日

今日から、ゆりねは幼稚園へ。

犬の幼稚園というと、なんだか「……」な気分になるけど、要するにドッグスクールだ。

他の犬たちと犬同士の付き合い方を学んだり、人間の社会で生きていくためのルールを知ったり、そういうことを学習する。

躾には私だけでは限界があるし、専門家であるドッグトレーナーさんの力を借りて、ゆりねをドイツ並みのいい犬にしようという計画だ。

これからは、週に1、2回、幼稚園に通う。

まだぶかぶかだけどハーネスをつけ、タッパーにおやつを入れて送り出した。

ほんの数分でも、ゆりねが家からいなくなるだけで、しゅんとしてしまう。

もう、パタパタという足音に耳が慣れている。

ゆりねは幼稚園へ、ペンギンはスタジオへ、私はテレビの撮影のため集英社へ。

なんだか、働く家族みたいだな。

先日、1時間ほど幼稚園の体験入学に連れて行ってきた。

ゆりねは、見知らぬ犬たちに囲まれても、飄々《ひょうひょう》としていたらしい。

まるで大人みたいだと驚かれた。

確かにゆりねは、めちゃくちゃマイペースで、自由奔放だ。

ただ、人相手でも犬相手でも、みんなにしっぽを振るわけではなく、特別に好きな相手にはものすごい勢いで猛アピールするけど、そうでもない相手には適当にあしらっている様子がうかがえる。

そんなことを電話で石垣ねーさんに話していたら、それってまるで飼い主の性格そのまんまじゃないかと指摘された。

そう、確かに私の性格に酷似しているのだ。

飼い主と犬は見た目が似ていると思うけれど、性格も似てくるのかな。

幼稚園から戻ってきたゆりねは、服を着せられていた。

連絡帳を見たら、服を着る練習とのこと。

服を着る予定はないけど、ま、いっか。

明らかに、疲れた顔をしている。

さすがにグッタリして床に寝そべったまま動かない。

きっと、大勢の犬に囲まれて、嫌ではないのだろう。

その時はそれなりに楽しいはず。

でも、気疲れして、ひとりになってからドッと疲れるのだ。

私も、たくさんの人と会った後は、こんなふうになる。

やっぱり、私とゆりねは、性格が似ているのかもしれない。

ゆりねが服を着ている姿を見ていたら、何年か前、テレビの仕事でイタリアに行って、現地のメイクさんに思いっきり自分らしくない化粧をされてしまった時の居心地の悪さを思い出した。

向こうも、悪気があってああいう結果になったわけではないだろうけど。

ゆりねも、あの時の私と同じような顔を浮かべている。

最近になって気づいたことがある。

ずっと、ゆりねが何かに似ていると気になっていた。

ムーミンにも似ているし、後ろ姿は肥えた羊にもそっくり。

手足をバタバタさせると、亀にも似ている。

お客様はよく、真っ白いタオルとか、モップとかって言う。
しろくまにも似ている。
でも、そうじゃなくって……、えーっと、えーっと。
1ヶ月経って、やっとわかった。
ゆりねは、つちのこに似ているのだ。

夢の中で

10月21日

犬も、人間とおなじように夢を見る。

情報としては知っていたけれど、実際に犬と暮らしてみると、想像以上に夢を見ていることがわかった。

この間猫と暮らしている友人と話していたら、猫もやっぱり夢を見るという。

ゆりねは、うちに来たばっかりの赤ちゃんの頃から夢を見ていた。

明らかに眠っているのに、手足をピクピク動かしたりする。

おそらく、走っているのかもしれない。

オカズさんちのソラマメは、普段吠えないのに、夢を見ている時は吠えるそうだ。

時々ゆりねは、寝言をつぶやくみたいに、むしゃむしゃと口元を動かしている。

でも、今までで一番笑ったのは、先日、ゆりねが寝ながら尻尾を振ったこと。

パタパタパタパタ、明らかに幸せを満喫している様子だった。

きっと、夢の中でおいしいご馳走でも食べていたに違いない。

目が覚めたゆりねは、それが現実ではないと気づいて、なんだかがっかりした様子だった。

最近のゆりねは、食欲旺盛だ。

食事の時間は1日に4回。

基本は、朝8時、お昼の12時、夕方4時、夜8時と決まっている。

犬は、体内時計が発達しているそうだ。

だから、食事の時間が近づくと、台所のそばで待機するようになった。

それでも、オフサイドラインを越えると警告が鳴るので、ぎりぎりの線まで詰め寄って待っている。

うちは、基本的にドッグフード。

量を測るためにスケールを出すと、その時点でゆりねは自分のゴハンが出されるとわかるので、尻尾がピンと上を向く。

そして、フードの入った容器が登場するや、歓喜の声で鳴くのだ。

そわそわして、落ち着きがなくなる。

お皿を持って行くと、すぐ後ろをくっついてきて、早く食べようとぴょんぴょん跳ねる。

これが、お決まりのパターンだ。

お皿が出されるやいなや、あっという間に平らげてしまう。

まるで、欠食児童そのものである。

この間はじめて幼稚園に行っても、褒められるのは食べることに関してだけ。

車が通っている場所でもおやつが食べられたとか、連絡帳にはそんなことばっかり書かれていた。

食事の回数を増やしたかいあって、ゆりねはすこしずつ体重が増えてきた。

今はおそらく、2キロくらい。

この間耳のケアで近所の動物病院に行ったら、「ウチでは2キロ以下の犬は犬とは呼びません」と言われた。

犬と言わずに何と言うのか尋ねたら、「うさぎ」とのこと。

確かに、ゆりねを抱いた感じは、子どもの頃に飼っていたうさぎに似ている。

早くゆりねが、正真正銘の「犬」になれますように。

大きくならないとコロのお嫁さんになれないから、私はせっせとゆりねにゴハンをあげる毎日だ。

犬のことばかり

10月26日

気になって去年の日記を振り返ったら、やっぱりちょうど1年前だった。

2013年の日記に、初めてコロの名前が登場する。

以来、犬のことばかりの一年だった。

3ヶ月と書いてあるから、ちょうど今のゆりねと同じくらいの時に会っているのだ。

あれからほとんど毎週末、コロに会えるのが楽しみだった。

今週末は、久しぶりにコロも1泊して、ゆっくりと過ごす。

1匹いるだけでももちろん幸せだけど、家の中に犬が2匹になると、平面だった幸せが立体になる。

まるで、幸せのゼリーに丸ごと包まれているような気分だ。

コロ、1年前はまだ小さくて、もこもこしてたのが、今では精悍な体つきになり、すっかり大人の犬になった。

ゆりねがぴょんぴょん跳ねながら騒いでもコロはじっとしている。

分別がつくようになり、話しかけると、じーっと目を見て聞くようになった。

言葉も、かなり理解している(ような気がする)。

コロは、何かを思い出しつつあるのか、前みたいに優しい表情を浮かべるようになった。

ゆりねは立ち入り禁止の台所スペースにもコロは堂々と入り、夜もお布団の一番気持ちよさそうな場所を陣取り、我が物顔で眠っている。

昨日は、私とペンギンのちょうど間に入って、ほとんど寝返りも打たずに熟睡だった。

テレビを見る時に抱っこしたら、そのまま寝入って起きなかったし。

ブラッシングをしたら、気持ちよさそうに仰向けになったし。

かなり甘えん坊のムコさんだ。

わざわざ私の膝の上で骨をかじる癖も健在だった。

ただ、時々切ない表情をする。

自分が知らない間にちびっこいのが増えて、私もペンギンも、そのコをかわいがっているけど、あれ？　って感じ。

それでもコロは、やきもちを焼いたりせず、自分の居た場所をそっとゆりねに譲って、少し離れた位置から優しい眼差しで見守っているのだ。

昨日と今日は時間がたっぷりあったので、ゆりねを留守番させて、コロとたくさん散歩した。

この間、ららちゃんと二人で歩きながら、今日の夜何食べるの？　とか何気ない会話をしていて、きっとコロもこんな感じで私に話しかけていたんだろうなぁ、なんて思った。あっちの道を歩いてみようよ、とか、お肉をもっと食べたいよ、とか、明日も晴れるといいね、とか。

手と手をつなぐことはできなくても、リードを通して、ちゃんとつながっていた。

コロと過ごす週末は、楽しい反面、帰った後がつらかった。

だから今、ゆりねがずーっと家にいるということに安心感を覚える。

愛しい存在を、どこにも返さなくていいというのは幸せなことだ。

今日、コロを返してから家に戻り、廊下にあったコロ専用の水飲み茶碗を片付けながら、やっぱり前みたいに切なくなった。

ゆりねは、自分のでもコロのでも構わず水が飲めるけれど、コロは自分専用の茶碗からしか水を飲まない。

それが、コロだ。

ゆりねも私もペンギンも、大好きなコロがいなくなって、しょんぼりしている。

ゆりねの、完璧すぎる肉球。
触るとぷにぷにしていて、あったかいグミみたい。
コロの肉球は、もう硬くなった。

ドングリ豚

11月6日

先週末、ゆりねは姪っ子の家に2泊3日で、お泊りに行った。

小学4年生になる姪っ子は、もともと犬が飼いたかったらしく、家族みんなで思いのほかゆりねをかわいがってくれている。

ゆりねには、とにかく様々な環境に慣れてほしいし、もしも私とペンギンに何かあった時、受け皿があると思うと安心だ。

ゆりねも、姪っ子が迎えに来ると、最大限にしっぽを振って喜んで出かけていく。

喜んで出かけたゆりねだったけど、夜になり、あまり元気がないとメールが届いた。

フードをほとんど食べないという。

あー、やっぱりわが家が恋しくてホームシックになっちゃったのかな。

でも、かわいいコには旅をさせろ、と思い、迎えに行ったりせず、そのまま様子を見ることにした。

翌日、また姉からフードを残しているという連絡が。

ちょっと具合が悪いのかと心配し、いろいろ質問してみたところ、どうやらお肉は食べるという。

まぁ、お肉を食べるなら問題ないかと一安心。

でも、なんだか気になるので、もしやと思って尋ねた。

「もしかして、すごく美味しいお肉とか、あげてないよね？」

数分後、姉から返信が届く。

「ドングリ豚をあげたけど」

あー、やっぱりだ。

ちょっと嫌な予感がしたのだ。

昨日までフードを喜んで食べていたのに、急に食べなくなるなんておかしすぎる。

ドングリ豚っていうことは、つまりスペインのイベリコ豚に匹敵する高級国産豚ってこと！？！

私だって食べたことがないのに……。

そんなに美味しいお肉の味を知ってしまったら、そりゃあ、フードに見向きもしなくなって当然である。

弱ったなぁ、とため息をつく私。

ゆりね用のフードを、大きい袋で買ったばかりだし。

うちでもたまにお肉はあげるけれど、軟骨とか、レバーとかハツとかすじ肉とか、たまに奮発してササミとか、そんな程度だ。

ドングリ豚しか食べなくなったらどうしてくれるのだろう、と少々ムッとした。

ゆりねにとってお泊りは、至れり尽くせりで、かなり楽しい行事らしい。

帰ってくると、「ちぇっ」て顔をしている。

そして、危惧した通り、ゆりねはフードだけ出してもそっぽを向くようになった。

顔に、「ドングリ豚は?」と書いてある。

仕方がないので、ペンギンがお肉屋さんに行って、豚の軟骨と鶏のササミを多めに買ってきてくれた。

茹でてから、小分けにして冷凍し、少しずつフードに混ぜて食べさせる。

まったく、グルメになったものだ。

でも、どんなに栄養バランスのすぐれたオーガニックのドッグフードでも、お肉の美味しさにはかなわないんだろうな。

きっと、コンビニのおにぎりと手作りのおにぎりくらい、違うのだろう。

その気持ちもよーくわかるので、ゆりねにフードを無理強《じ》いするのも気の毒かもしれない。

いろいろ工夫して、フードとお肉をバランスよくあげてみるか。

今度の土曜日で、ゆりねがわが家に来てから2ヶ月になる。

早く、空気みたいな存在になればいいのに。

今はまだ無理。

ゆりねの仕草を見ているだけで、あっという間に陽が暮れてしまう。

おばちゃん?

11月13日

幼稚園が楽しい。

ゆりねも楽しそうだけど、私が楽しいのだ。

朝10時、園長先生が車で迎えに来てくれる。幼稚園で食べるフードを持たせ、送り出す。

そして、夜の7時くらいに、また車で送ってもらい、帰宅する。

何が面白いって、その日1日の幼稚園での様子を報告してくれること。

連絡帳には、その日のトイレの時間や、お昼寝の時間、基本的なトレーニングの5段階評価以外に、担当のドッグトレーナーさんから、小さな字でびっしりと、紙の裏にまでコメントが書かれている。

それ以外にも、メモリースティックにたくさんの映像が入っていて、お散歩の様子や、他の犬たちとの触れ合いの様子、トレーニングの仕方など、満載なのだ。

映像だけでなく写真もたくさんくれて、毎回、それが楽しみになっている。

ゆりねとパートナーを組んでトレーニングをしているジェトさんは、ミニチュアシュナウザーだ。

そのあまりの賢さに驚いてしまい、逆にゆりねがトレーニングの足を引っぱっているのではと心配したら、トレーナーさんが、連絡帳にこう書いてくれたのでホッとした。

「ジェトさんはとても優秀な子ですが、優秀が故に、ちょっと怒りっぽいところもあるのです。ゆりねちゃんの、おっとりマイペースが、きっと、ジェトさんにもいい影響があると思います。」

ふだん家にいる時は、私やペンギンといる顔しか知らないけれど、これだと、ゆりねの新しい顔を知ることができ、客観的にどういう犬かというのを見ることができる。

私たちは、ゆりねをずっと、とても賢い犬と思っていたけれど、どうやらそれは親バカだったようで、まだまだ、ベルリンデビューまでにはほど遠いのだ。

ゆりねは遊び好きで、幼稚園に行くとテンションが上がり、他の犬たちに、「ねぇ、遊ぼうよ！」と思いっきりけしかけているのだが、他のコ達は皆賢くて、なかなか誘いにのってくれない。

しれっと無視されているのだけど、それでもゆりねはいっこうに構わず、「あ、そう。遊びたくないの」みたいな顔で応じている。

めげないのが、ゆりねの良さだという。

最初は、犬の幼稚園なんて、と私も半信半疑だったけれど、四六時中私とベッタリするよりも、いろんな人や犬と触れ合った方が、ゆりねも幸せなように思うのだ。

そうすれば、私への依存度を減らせるし、どこででも、どんな環境でも生きていける、強くて大らかな犬になれる気がする。

そして、行くたびに成長するのを実感できるので、やっぱり幼稚園に入れて大正解だった。トレーナーさんが根気よくトレーニングをしてくれる姿に、毎回頭が上がらない。

自分だけであれをやるのは、絶対に無理だった。

飼い主の方にも毎回宿題が出されるので、犬の理解を深める最高の機会だ。

ただ、ひとつだけ解せないのは、「ママ」とか「パパ」とかって呼ばれてしまうことだ。

それって、どうなんだろう。

私は、犬を産んだ覚えはないしなぁ。

確かに、今はまだゆりねが小さいし、母親的な立場に近いことは理解している。

飼い主さん、なんて言い方は、あまりに素っ気ない。そのことも、理解している。

でもやっぱり、人から、ママなんて呼ばれるのは、こっぱずかしいし、違和感があるのだ。

というようなことを、先日、友人夫妻と話していたら、その家では飼い猫に、「おばちゃん」「おじちゃん」で、接しているという。

たとえば、「おばちゃんとおじちゃん、どっち好き？」とか、「今日はおばちゃんのお布団で寝ようね」とか。

なるほどねぇ。

確かに、両親ではないけれど、全くの他人でもなく、親戚というのは、犬や猫と人間との距離感に、ぴったりと寄り添う表現かもしれない。

おばちゃん、か。

ゆりねから、「おばちゃん！　ご飯ちょうだい」とか言われるのを想像したら、ちょっとおかしくなった。

ママよりはいいけど。

私は、名前に「ちゃん」づけが理想だと思っている。

将来的には、ベストフレンドになれたらいいと感じているので。

ワンダーランド

11月25日

時々、むしょうにベルリンが恋しくなる。

今、ベルリンはもっとも辛い季節だ。住んでいる人たちはみなさん、11月は、寒くて、暗くて、気分が滅入ると口をそろえる。

12月になれば、クリスマスがあって、なんとなく気分は浮き立つらしい。だけど勝手ながら、一度はそんな過酷な時期のベルリンも、味わってみたいものだと思うのだけど。

ベルリン在住の青さんから、クリスマスプレゼントが届いた！

『BERLIN WONDERLAND』という写真集で、壁が崩壊した直後のベルリンの様子を写したもの。

ちょうど、25年前の11月10日、ベルリンを155キロにわたって東と西に隔てていた壁の一部が崩れ、東西間の自由な行き来が可能になった。

日本では「崩壊」という言葉が使われるけれど、現地では「OPEN」という表現をよく目にする。

まさに、東側から西側へ、コンクリートの重たいドアを押し開いたという感覚なのだろう。

それを、西側の人たちも応援した。

鳥のヒナが卵から抜け出る時、ヒナは内側から、親鳥は外側から卵の殻を叩くことを「啐《そっ》啄《たく》」というけれど、まさにベルリンで四半世紀前に起きた出来事は、それだったに違いない。

そして、東もない西もない新たなベルリンが誕生した。

壁の上で、ジャグリングをする男性。

自由な雰囲気の漂う通りを裸で歩く少年。

崩壊寸前のアパートにバルコニーを作り、そこで談笑する若者たち。

原っぱには戦闘機が放置され、軍用車が新たなアートの材料になる。


すごい写真集だ。

私の目には、今でも十分ベルリンは刺激的で自由だけど、壁がなくなった直後は、もっともっと自由で、エネルギーに満ち溢れ、パンクだった。

すごかったんだろうなぁ。リアルタイムで、その時のベルリンの空気を吸いたかった。

あと5年早く生まれていたら、それが可能だったかと思うと、とても悔しい。

当時、二十歳だった若者たちは、今、45歳だ。

ベルリンは、ヨーロッパの空き地と言われている。

東ベルリン時代に建てられた巨大な建造物が、不要になった今もそのまま放置されている場所がたくさんあるのだ。

それでも再開発が進んで、家賃は高騰、物価も上がり、もともと住んでいたベルリナーたちは、ほどよく暮らすのが難しくなっている。

あの町のおもしろさが、これから先も生き続けてほしいなぁ、なんて写真を見ながらしみじみ思った。

だって、本当に衝撃的なほど、ぶっ飛んでいるんだもの。

明るい家族計画

12月5日

ゆりねがわが家の一員になって、もうすぐ3ヶ月だ。

毎日毎日、こんなに幸せでいいのかなぁ、と思ってしまう。

特に、朝。

ふと横を見るとゆりねがおへそを丸出しにしてひっくり返って寝ていたりすると、あー、このまま一日中お布団の中でダラダラと過ごしたい、なんてことを思ってしまうのだ。

犬との暮らしは、麻薬みたいな力がある。

ゆりねは、3・7キロになった。

あと1キロで、コロに並ぶ。病院の先生曰く、ゆりねは足が大きいので、最終的には6キロくらいまでなるんじゃないかと。

そうなったら、万々歳だ。

安心して、コロのお嫁さんになれる。

メスの方が、オスよりもひと回り以上大きいと、メスが自然分娩で赤ちゃんを産める率が高まるそうなのだ。

自力で産道からうみ落とせないとなると、病院での帝王切開になり、全身麻酔もしなくちゃいけないし、危険がグッと高まってしまう。

だから、この勢いで、もっともっと大きくなってほしい。

生後6ヶ月が近づき、だいぶゆりねの性格が見えてきた。

ひとことでいうと、ゆりねはラテン系である。ビションフリーゼはもともとフランスの犬だから、自然な流れかもしれない。

それに対して、幼稚園でゆりねとコンビを組んでいるミニチュアシュナウザーのジェトさんは、まさにドイツ気質。

2匹でオスワリやフセの訓練をしているのだけど、ゆりねがすぐに立ってしまって何度もやり直しになる間、ジェトさんはひたすらフセの姿勢でじっと耐えて待っている。

まさに、ドイツとフランスの関係を見ているみたいで、おかしかった。

ゆりねは、ひとたび興奮のスイッチが入るとテンションが急上昇し、ひとりサンバカーニバル状態だ。

そして勝手に騒ぎまくって、勝手に疲れて、スイッチが切れたように休む。

昨日の幼稚園でもドッグランに連れて行ってもらったらしいのだが、ゆりねは狂喜して走り回っていた。

担当のトレーナーさんに、「午後のトレーニングもあるんだから、体力残しておきなさいよ」と注意されるほど。

本当に、呆れるほど、自由きままに生きている。

ラテンのスイッチが入ることはあるにせよ、それはおいおい修正するとして、細かいことは気にしないし、しつこくないし、一緒にいる相棒としては最高のパートナーだ。

ゆりねが家に来てくれて、心から感謝している。

ゆりねとコロを巻き込んだ、わが家の明るい家族計画。

着々と、進行中である。

しゅうとめの会　12月6日

伊勢に住んでいる親戚から、またしても伊勢海老が届いてしまった。

ありがたいけど、正直ぜんぜん嬉しくない。

だって、生きているんだもの。

前回は、修羅場だった。

自分では絶対に無理なのでペンギンにお願いしたら、あろうことかいきなり頭を切り落としたのだ。

体は完全に上下に真っ二つに分かれたというのに、それでも海老は元気よく動いていて……。

その姿を見ていたら、本当に腰が抜けてしまったのだった。

金輪際、生きた伊勢海老はいらないと思ったのに、またしても届いちゃった。

モンゴルでは、羊の解体を見た。

でも、目を背けたくなるような現場ではなかった。

むしろ、ナイフ一本で素早くさばいてしまうモンゴル人青年のその技術に、感嘆したほどだ。

気がつけば、ほとんど血を流させることもなく、羊は肉と内臓と皮に分かれていた。

それから較べると、伊勢海老を相手にするのは、どうも違う後ろめたさがある。

あの、硬さだろうか。

とにかく、今回だって私は絶対に無理。

想像するだけで、おなかがひんやりしてしまう。

とりあえず涼しい場所に置いておこうと、寝室の窓際に伊勢海老入りの箱を置く。

昨日は、ムコ殿であるコロも週末婚でうちにお泊りだった。

だから、狭い寝室に、人間ふたり、犬2匹、伊勢海老2尾の、合計6つの命が雑魚寝状態。

異変が起きたのは、真夜中の3時過ぎ。

いきなり、ガサガサガサガサ、と大きな音がした。

何かと思って慌てて飛び起きる私。

なんと、伊勢海老が箱の中で暴れているのだ。

犬たちも異変に気付いて、目を覚ます。

あわや、箱から脱走しそうな勢いだった。

このまま飛び出してきたらどうしようと思うと眠れなくなり、伊勢海老たちには場所を変わってもらうことにした。

ただ、玄関前に移すも、かすかに、カサコソと不気味な音がして、そのたびにコロが威嚇し、吠える。

伊勢からの珍客のおかげで、さんざんな夜だった。

その伊勢海老は、もちろんまだ生きている。

今夜は、しゅうとめの会だ。

コロの飼い主である先生とお嬢さん、私とペンギンが集まって、もちろんコロとゆりねも一緒に、うちで会食をする予定である。

ペンギンは、姑じゃなくて舅《しゅうと》だけど、実態は姑に近いから、姑ということで。

ゆりねが来てからこんなふうに集結するのは、初めてのこと。

今夜は、コロとゆりねのラブラブぶりを、思う存分楽しもうと思う。

ペンギンが、今シーズン初のおでんを作った。

出汁マイスターであるペンギンの、一番の得意料理がおでんである。
今回も、複数の出汁をミックスし、自らおでんだねも買いに行き、丹精込めて作っている。

そしてメインは、もちろん伊勢海老。
うまく成仏させられることを祈るしかない。
どうか、平穏なはずのしゅうとめの会が、修羅場になどなりませんように。

伊勢海老様

12月10日

大往生だった。

私とペンギンだったらどうしようもなかっただろうに、絶妙のタイミングでやって来たプチしゅうとめちゃんが、見事な技でさばいてくれた。

さすが、医学の勉強をしているので、なんの迷いもない。

だけど、伊勢海老の鳴き声は、切なかったな。

ぎぎぎぎぎ、ぎぎぎぎぎ、と鳴いているんだもの。

シンプルに、オーブンで焼いて食べた。

味噌が濃厚。

さっきまで生きていたわけだから、鮮度は折り紙付きだ。

殺生をした分、ありがたみがぐんと増す。

2尾の伊勢海老が、あっという間に4人の胃袋におさまっていく。

だけど、これで終わりではない。

今回は、身を食べた後の殻をクツクツと煮て、スープもとった。

一度殻を焼いているので、生臭さは少しもなく、香ばしいスープになっている。

たくさんできたので、最初はお味噌汁にし、2度目はリゾットにして食べる。

このリゾットがまた、適当に作ったわりに絶品だった。

最初に玉ねぎをオリーブオイルで炒め、次にお米を加え、透き通ってきたら伊勢海老のスープを注いで、ひたすらコトコト。

最後に卵でとじて、パセリを散らして完成。

海老の身なんか入っていないにもかかわらず、しっかりと伊勢海老が主張している。

ペンギンも大喜び。

これだけ食べ尽くせば、伊勢海老様にも許してもらえるんじゃないかと、勝手に思った。

それにしても、プチしゅうとめちゃん、カッコよかったなぁ。

迷いがないんだもの。

3分の2

12月12日

期日前投票に行ってきた。

私はほとんどいつも、期日前投票だ。

その方が場所も近いし、当日、並ばなくて済むので楽チン。

期間も長く設けてあるし、投票できる時間も長いので、このシステムを利用しないテはないと思う。

こんなに投票する機会が与えられているのに、それでも有権者の半分近くの人が棄権するって、いったいどういうことなのだろう。

自分たちの暮らしが、将来どんなふうになっても文句は言いませんよ、という意思表示なのかしら？

数日前の新聞に、与党が過半数をとる勢いだという調査結果が出ていた。

3分の2って、どっかで聞いた数字の気がする。

えーっと、確か国会で3分の2以上の賛成があれば、憲法を改正できる手続きに入れるんじゃなかったっけ？

そんなことを、中学校の社会科で習った気がする。

ってことは、このままの勢いで与党が3分の2の議席を獲得したら、憲法改正もありえるということだ。

今回の選挙は、争点がないとか無意味だとかいろいろ言われて惑わされているけれど、実はとんでもなく大事な選挙なんじゃないか、と想像したら恐ろしくなった。

近い将来、あの時の選挙が大きく国としての方向性を変えた、なんて言われるかもしれないのだ。

実はアベノミクスの是非なんてどうでもいい目くらましで、今回の選挙の真の目的がそこにあるのだとしたら……。

だから、やっぱり一票は、何が何でも投じて、きちんと自分の意思を表さなくちゃいけないと思うのだ。

私は。

選挙に関する報道も、激減しているというし。

報道番組は屈しなくても、情報番組はやっぱり萎縮してしまったようだ。

新聞に載っていたマララさんの演説の言葉が、素晴らしかった。

「どうして『強い』といわれる国々は戦争を生み出す力がとてもあるのに、平和をもたらすにはとても非力なの？

なぜ銃を与えるのはとても簡単なのに、本を与えるのはとても難しいの？

戦車を造るのはとても簡単で、学校を建てるのがとても難しいのはなぜ？」

日本が、再び戦争をする国になりませんように。

私は、そのための選挙だと思っている。

のちのち、あの時投票に行っていれば、と悔やんでも、時間は戻せないのだから。

路面店　12月15日

ゆりねの散歩がてら買い物を済ますので、路面店で買うことが多くなった。

スーパーマーケットは一度にいろんなものが買えるから便利ではあるけれど、犬は入れない。

その点、路面店は外に面しているので、犬を連れていても買うことができる。

お肉はお肉屋さんで、野菜は八百屋さんで、お魚はお魚屋さんで、昔ながらの買い物が楽しい。

会話も弾む。

店の中のレジまで行けない時は、外で要件を伝えると、入り口まで持ってきてくれる。

たとえば、お豆腐屋さんの入り口で、「木綿一丁くださーい」とか。

そうすると、そこまでお豆腐を持ってきてくれて、その場で会計を済ませることができる。

混んでいる時はしばし待たなくちゃいけないこともあるけれど、なかなか便利だ。

お肉屋さんで、犬用の骨を安く分けてもらったりして。

路面店より、更に重宝するのが無人販売所だ。

うちの周りには結構まだ畑が残っていて、そこでとれた野菜などを、農家さんの玄関先で売っていたりする。

私は、卵も極力そこで買うようにしている。

目の前にいる鶏たちが産んだばかりの新鮮な卵で、貴重な有精卵だ。

この間は、銀杏が豊作だった。

それから、里芋。

今は、大根と蕪が並んでいる。

わさわさとついた葉っぱが、鮮度のよさを物語っている。

先日、あまりに美味しそうなので、立派な蕪と大根を、両方衝動買いしてしまった。

肩掛けバッグに無理やり入れたものの、葉っぱは思いっきりはみ出ているし、重くて肩が下がってしまう。

そんな時に限って、ゆりねが路上でストライキをするものだから、寒いのに汗だくだった。

だけど、その蕪がおいしくて、おいしくて。

大きく育っているのに、味は細やかで、ほんのり甘い。

お揚げと炊き合わせたら、絶妙だった。

ゆりねのゴハンにもほんの少し混ぜてあげたら、喜んで食べていた。

ゆりねがうちに来てから、改めて発見することが多くなった。

こんな所にこんな空き地があったんだ、とか、この道はあそこにつながるんだ、とか、もう何年も住んでいるのに、それでも知らないことがたくさんあるのだ。

遠出をする機会は減ったけれど、その分、地元に足を運ぶことが多くなった。

外食も、ゆりねがお留守番できる範囲内で、近所でパパッと済ませるのが、最近のお決まりだ。

私は今、駅前の町の中華料理店にはまっている。

おじさんとおばさんが営む小さな店だけど、丁寧に作ってくれて、行くとホッとする。

お財布にも優しくて、ありがたい。

そういうお店が、ちゃんと続いていってほしいと思うのだ。

地に足をつけて日々精一杯生きている人たちが、ふつうに幸せに生きていける社会であってほしい。

今回の選挙の投票率は、52％前後とのこと。

近い将来、50%を下回る日も来るのかしら？

夕方、ゆりねと一緒に散歩しながら、民主主義って何なんだろうと、そんな漠然としたことを考えてしまった。

年の瀬

12月28日

気がつけば、クリスマスも終わり、マンションの玄関には門松が立っている。

今日から、ゆりねは今年最後のお泊りで、姪っ子ちゃんの家へ。

そこに行けば、ドッグランには連れて行ってもらえるし、おいしいお肉は食べられるし、至れり尽くせりなのを知っているので、ゆりねは喜んで出かける。

ペンギンが嫉妬してしまうほど、向こうのお父さんになついている。

一方、コロは昨日の夜からわが家へ。

コロだけ、ゆりねだけしか知らなかったら、犬というものがこんなに性格が違うということを、理解できなかったと思う。

でも今は、人それぞれ性格が異なるように、犬にもそれぞれ個性があるのがよくわかる。

コロは、いい意味で繊細、裏を返すと神経質だ。

知らない食べ物を前にするとかなり慎重に匂いを嗅いでからでないと食べない。

水飲みの茶碗も、慣れ親しんだ自分のでなければ、飲めない。

トイレにまでついてこようとする。

それに対してゆりねはというと、いい意味で大らか、裏を返すと大雑把だ。

知らない食べ物はとりあえず食べてみてから判断するし、時には小石や草など、食べ物以外のものも、ひとまず口に入れる。

水を飲む器は、自分のだろうがコロのだろうが、関係ない。

大好物のホネをあげても、自分のホネは自分のもの、コロのホネも自分のもの、という具合で、ジャイアンっぽい。

コロがうちにやって来ると、ゆりねは歓喜して、コロに猛アピールする。

それに対して、コロは困惑気味。

あまりにゆりねがしつこくすると、うなって威嚇する。

でも、ゆりねはさっぱりめげないのだ。

コロだけでなく、幼稚園でも、しつこすぎてしょっちゅう他の犬に怒られている。

だけど、全然気にしない。

そのくせ、相手から遊びに誘われても、自分にその気がない時は知らんぷりだ。

ラテンパワー、全開である。

昨夜は、あまりにゆりねがしつこいので、コロはシェルター（椅子の下のコロだけが潜れる場所）に潜ってしまった。

私が布団に入っても、頑なに動かない。そんなこと、今までなかったのに。

そしてゆりねはというと、原因は自分にあるのに、そんなこと考えもしないようで、なんで来ないの？　と、たまにコロを気にしている。

コロにとって、ゆりねはちょっとうるさい存在なのかもしれない。

そのくせ、ゆりねがお泊りに行っていなくなると、なんだか寂しげにしょんぼりしている。

犬の場合も、嫌よ嫌よも好きのうち、なのかなぁ。

ややこしい。

犬も、人間みたいに、駆け引きしたり、するようだし、私が見ていない場所では、こっそり2匹がイチャイチャしていたりして。

ゆりねは、先日の23日で生後6ヶ月になった。

あんなに小さな赤ちゃんだったのが、嘘みたいだ。

最初はぼーっとした性格だったけど、幼稚園に行くようになってから、いろいろなものに興味を示すようになり、表情が豊かになった。

最近、ますますゆりねが愛しくて、仕方ない。

ゆりねを散歩させていると、本当にいろんな人に話しかけられる。

この間なんか、横断歩道で信号待ちをしていたら、わざわざ自転車を停めて、ゆりねが渡るのを待っているおばさんがいた。

なんの犬種かを問われ、ビションフリーゼだと答えると、「やっぱり！」といきなり表情が明るくなった。

ご自身も、以前ビションフリーゼを飼っていたのだという。

17歳まで生きたそうだが、2年前に亡くなって、それ以来、もう飼えないとのこと。

70になっちゃうと、新たに犬を迎えることはできないから、と寂しげだった。

ゆりねは「かわいい、かわいい」を連発され、何度も何度も抱っこされていた。

私は、その方の飼っていたビションフリーゼの写真などを見せてもらい、どこのサロンに行っていたとか、いろいろお話をうかがった。

そして、おばさんがしみじみ、

「うちのコも、1歳まではお転婆で大変だったけどね、ものすごくお利口になったわよ」と言って、

「このコも、絶対にいいコになるから、安心して！」と太鼓判を押してくださった。

一通り立ち話をしたあと、おばさんは名残おしそうに自転車で去って行った。

あんなに好きになってくれたのなら、連絡先くらいきけばよかったかな、と思いつつまたゆりねと歩いていたら、なんとおばさんがまた自転車で戻ってきて、「写真撮らせて」とのこと。

再び、立ち話となった。

聞けば、かなりのご近所さん。

そういう出会いが、結構ある。

今日は、コロを連れて公園へ。

年の瀬で、人が少なく、気持ちよかった。

フレンチブルと、ダックスフンドと、トイプードルと、顔見知りになる。

なにもせず　12月31日

大晦日。

ゆりねが姪っ子ちゃんの家から戻ってきた。

やっぱり、3日目の夜から、ホームシックになったみたい。

コロも以前そうだったから、犬にとって飼い主と離れて過ごす3日目は、要注意だ。

その間のコロはというと、わが家で「ひとりっこ」状態を満喫。

実家では3番目だし、秋以降はうちに来てもゆりねがいたので、コロは何かと気苦労が絶えない。

そのせいで、コロの表情には哀愁が漂っていて、ペンギンに、性格俳優なんて言われている。

確かに、のほほんとなんの心配もなく毎日を過ごしているゆりねとは、深みが違う。

コロはコロなりに、結構苦労している人生なのかもしれない。

そんなコロが、久しぶりにひとりっこを謳歌し、日に日に表情が穏やかになっていく。

うちでも、随分ゆりねに遠慮していたのだろう。

本来のコロの愛らしさが前面に押し出され、なんだか時間が巻き戻ったようだった。


安心しきった表情で、眠っている。

実は、年越しの準備を何もしていない。

風邪をひき、咳が止まらないのだ。

熱はないから普通に生活はできているのだけど、毎年作っている伊達巻も、作る気になれなかった。

かろうじて、黒豆は炊いたけど、五色なますなんて、作る過程を想像するだけで気が遠くなり、無理に作ってもどうせ失敗するだけだから、今年は潔く諦めた。

まぁ、いっか。

そういうお正月も、たまにはあっていいんじゃないかと開き直っている。

こんな状況になるのを予測していたわけではないだろうけど、銀座の大好きな料理屋さんのおせちを頼んでいて大正解だ。

そして、まるでこの状況が筒抜けなのかな？　と思うくらい、いろんな所からいただき物が届く。

それで、十分年が越せる。

今年は、コロも一緒にお正月を迎えることができる。

1年前は、ペンギンとふたりだけだったのに、コロとゆりね、2匹が加わって、なんて幸せなことだろう。

咳が止まらずに辛かった時、どれだけ犬たちに救われたかわからない。

あと1時間半で、2015年。

どんな年になることやら。

東京の空には、思いっきり星が輝いている。

本書は文庫オリジナルです。

幻冬舎　小川 糸の本

ツバキ文具店

小川 糸

伝えられなかった大切な人への想い。
あなたに代わって、お届けします。

ラブレター、絶縁状、天国からの手紙……。
鎌倉で代書屋を営む鳩子の元に、
今日も風変わりな依頼が舞い込みます。

画・shunshun　1400円（税抜き）

幻冬舎文庫

●好評既刊
ペンギンと暮らす
小川 糸

夫の帰りを待ちながら作るメ鯵、身体と心がポカポカになる野菜のポタージュ……。ベストセラー小説『食堂かたつむり』の著者が綴る、美味しくて愛おしい毎日。日記エッセイ。

●好評既刊
ペンギンの台所
小川 糸

『食堂かたつむり』でデビューした著者に代わって、この度ペンギンが台所デビュー。まぐろ丼、おでん、かやくご飯……。心のこもった手料理と様々な出会いに感謝する日々を綴った日記エッセイ。

●好評既刊
ペンギンと青空スキップ
小川 糸

道草をして見つけた美味しいシュークリーム屋さん。長年の夢だった富士登山で拝んだ朝焼け。毎日を楽しく暮らすには、ときには自分へのご褒美も大切。お出かけ気分な日々を綴った日記エッセイ。

●好評既刊
私の夢は
小川 糸

カナダのカフェで食べたふわふわのワッフル。モンゴルの青空の下、遊牧民と調理した羊のドラム缶蒸し……。旅先で出会った忘れられない味と人々。美味しい旅の記録満載の日記エッセイ。

●好評既刊
海へ、山へ、森へ、町へ
小川 糸

天然水で作られた地球味のかき氷（埼玉・長瀞）、ホームステイ先の羊肉たっぷり手作り餃子（モンゴル）……。自然の恵みと人々の愛情によって、絶品料理が生まれる軌跡を綴った旅エッセイ。

幻冬舎文庫

●好評既刊
こんな夜は
小川糸

古いアパートを借りて、ベルリンに2カ月暮らしてみました。土曜は青空マーケットで野菜を調達し、日曜には蚤の市におでかけ……。お金をかけず楽しく暮らす日々を綴った大人気日記エッセイ。

●好評既刊
たそがれビール
小川　糸

パリ、ベルリン、マラケシュと旅先でお気に入りのカフェを見つけては、手紙を書いたり、本を読んだり、あの人のことを思ったり。当たり前のことを丁寧にする幸せを綴った大人気日記エッセイ。

●好評既刊
今日の空の色
小川　糸

鎌倉に家を借りて、久し振りの一人暮らし。朝はお寺の座禅会、夜は星を観ながら屋上で宴会。携帯もテレビもない不便な暮らしを楽しみながら、大切なことに気付く日々を綴った日記エッセイ。

●好評既刊
さようなら、私
小川　糸

帰郷した私は、初恋の相手に再会する。昔と変わらぬ彼だったが、私は不倫の恋を経験し、仕事も辞めてしまっていた……。嫌いな自分と訣別し、新しい一歩を踏み出す三人の女性を描いた小説集。

●好評既刊
スタートライン
始まりをめぐる19の物語
小川糸　万城目学　他

浮気に気づいた花嫁、別れ話をされた女、妻を置き旅に出た男……。何かが終わっても始まりは再びやってくる。恋の予感、家族の再生、再出発――。日常の「始まり」を掬った希望に溢れる掌編集。

幻冬舎文庫

●最新刊
女の子は、明日も。
飛鳥井千砂

略奪婚をした専業主婦の満里子、女性誌編集者の悠希、不妊治療を始めた仁美、人気翻訳家の理央。女性同士の痛すぎる友情と葛藤、そしてその先をリアルに描く衝撃作。

●最新刊
骨を彩《いろど》る
彩瀬まる

十年前に妻を失うも、心揺れる女性に出会った津村。しかし妻を忘れる罪悪感で一歩を踏み出せない。わからない、取り戻せない、もういない。心に「ない」を抱える人々を鮮烈に描く代表作。

●最新刊
みんな、ひとりぼっちじゃないんだよ
宇佐美百合子

だれかになぐさめてほしいとき、自分が変わりたいと思ったとき、この本を開いてみてください。あなたを元気づける言葉が、きっと見つかります。心が軽やかになる名言満載のショートエッセイ集。

●最新刊
いろは匂へど
瀧羽麻子

奥手な30代女子が、年上の草木染め職人に恋をした。奔放なのに強引なことをしない彼が、初めて唇を寄せてきた夜。翌日の、いつもと変わらぬ笑顔……。京都の街は、ほろ苦く、時々甘い。

●最新刊
離婚して、インド
とまこ

「そろそろ離婚しよっか」。旦那から切り出された突然の別れ。心の中ぐっちゃんぐっちゃんのまま、バックパックを担いで旅に出た。向かった先は混沌の国インド。共感必至の女一人旅エッセイ。

幻冬舎文庫

●最新刊
愛を振り込む
蛭田亜紗子

他人のものばかりがほしくなる不倫女、夢に破れた元デザイナー、人との距離が測れず、恋に人生に臆病になった女——。現状に焦りやもどかしさを抱える6人の女性を艶めかしく描いた恋愛小説。

●最新刊
女の数だけ武器がある。
たたかえ！　ブス魂
ペヤンヌマキ

ブス、地味、存在感がない、女が怖いetc.……。コンプレックスだらけの自分を救ってくれたのは、アダルトビデオの世界だった。弱点は武器でもあるのだ。女性AV監督のコンプレックス克服記。

●最新刊
白蝶花
宮木あや子

福岡に奉公に出た千恵子。出会った令嬢の和江は、愛に飢えた日々を送っていた。孤独の中、友情とも恋とも違う感情で繋がる二人だったが……。時代と男に翻弄されながお咲き続ける女たちの愛の物語。

●最新刊
さみしくなったら名前を呼んで
山内マリコ

年上男に翻弄される女子高生、田舎に帰省して親友と再会した女——。「何者でもない」ことに懊悩しながらも「何者にもなれる」とひたむきにあがき続ける12人の女性を瑞々しく描いた、短編集。

●最新刊
すばらしい日々
よしもとばなな

父の脚をさすれば一瞬温かくなった感触、ぼけた母が最後まで孫と話したがったこと。老いや死に向かう流れの中にも笑顔と喜びがあった。父母との最後を過ごした〝すばらしい日々〟が胸に迫る。

犬《いぬ》とペンギンと私《わたし》

小川糸《おがわいと》

平成29年2月10日　初版発行
平成31年4月20日　2版発行
発行人――石原正康
編集人――袖山満一子
発行所――株式会社幻冬舎
〒151-0051東京都渋谷区千駄ヶ谷4-9-7
電話　03(5411)6222(営業)
　　　03(5411)6211(編集)
振替00120-8-767643
印刷・製本―中央精版印刷株式会社
装丁者――高橋雅之

検印廃止
万一、落丁乱丁のある場合は送料小社負担でお取替致します。小社宛にお送り下さい。

本書の一部あるいは全部を無断で複写複製することは、法律で認められた場合を除き、著作権の侵害となります。

定価はカバーに表示してあります。

Printed in Japan © Ito Ogawa 2017

幻冬舎文庫

ISBN978-4-344-42571-2　C0195　　お-34-11

幻冬舎ホームページアドレス　http://www.gentosha.co.jp/
この本に関するご意見・ご感想をメールでお寄せいただく場合は、
comment@gentosha.co.jpまで。